dtv

Mit einem feinen Sinn für Humor und diskreter Ironie folgt die Autorin den Spuren ihrer Figuren, Menschen, die auf ganz eigenwillige Weise mit den Herausforderungen ihres Alltags umgehen und ihre Träume und Sehnsüchte zu leben versuchen. Daraus ergeben sich eigenartige Szenen mit teils skurrilem, teils phantastischem Anstrich, eine Mischung aus Wirklichkeit und Illusion, Geschichten, die aus einer realen in eine surreale Sphäre wechseln, erzählt in einer Sprache von schlichter Eleganz.
«Leichtigkeit, Spiel, Ironie und Überraschung und eine lebhafte satirische Sensibilität, eine Magritte'sche Szenerie» zeichnen für den spanischen Autor und Literaturkritiker Ángel Zapata die Erzählungen von Aranzazu de Isusi aus.

Aranzazu de Isusi, geb. in Madrid, unterrichtet kreatives Schreiben und arbeitet dabei mit Erwachsenen und Kindern. Für ihre Erzählungen wurde sie mit mehreren Preisen ausgezeichnet; die hier abgedruckte Geschichte ‹Bulbos› gewann den Premio Paralelo Sur 2006, ‹La mujer que se dejaba los paraguas› die Mención especial II Certamen Jirones de Azul (Sevilla 2007).

Deseo y otras realidades
Sehnsucht und andere Wirklichkeiten

Erzählungen von Aranzazu de Isusi

Ausgewählt und übersetzt
von Petra Reategui

Deutscher Taschenbuch Verlag

dtv zweisprachig
begründet von Kristof Wachinger-Langewiesche

Ausführliche Informationen über
über unsere Bücher und Autoren
finden Sie auf unserer Website
www.dtv.de

MIX
Papier aus verantwortungsvollen Quellen
FSC® C013736

2011 Deutscher Taschenbuch Verlag GmbH & Co. KG, München

Die Erzählungen sind dem Band
‹Cuentos de sombreros y paraguas› entnommen,
das bei Editorial Quadrivium, Girona, 2008, erschienen ist.

Umschlagkonzept: Balk & Brumshagen
Umschlagbild: ‹Suburbs of a Paranoiac Critical Town› (1935)
von Salvador Dalí (Oil on Panel, 46 x 66 cm,
Private Collection)/Salvador Dalí, Fundació
Satz: Greiner & Reichel, Köln
Druck und Bindung: Kösel, Krugzell
Gedruckt auf säurefreiem, chlorfrei gebleichtem Papier
Printed in Germany · ISBN 978-3-423-09497-9

BULBOS

Para mi madre

Mi coche es sensible a las lágrimas y al paso de las estaciones. Esto último lo supe en septiembre cuando, detrás del asiento conductor, aprecié una pequeña seta. Día a día, tomaba mayor tamaño y pronto se reprodujo dando lugar a una simpática colonia que llegó a cubrir gran parte de la alfombrilla. Todo el mundo sabe, y yo también lo sabía, que la humedad propicia el desarrollo de los hongos y fue por eso por lo que me pregunté si mi manía de llorar cada mañana abrazada al volante, antes de poner el coche en marcha, era una de las causas del vertiginoso ritmo de crecimiento de la colonia. Por saber si las lágrimas eran un buen abono y, en general, por saber algo más de las setas, me compré un libro titulado *Delicias del micólogo*; y descubrí que, en mi coche, había nacido una variedad de níscalo de cuyas heridas mana un líquido rojo similar a la sangre. Desgraciadamente, este punto me dejó muy inquieta porque, ya desde niña, me desmayaba al ver una gota de sangre. Empecé a pensar que si, pongamos por caso, me daba la vuelta para coger el bolso podía ser que en una mirada fugaz uno de los níscalos mostrara una herida sangrante y yo cayera mareada sobre la palanca de cambios con alto riesgo de colisión e incluso de empalamiento si mi postura era propicia. De manera que, muy

BLUMENZWIEBELN ODER
DIE TRÄNEN DER MAGDALENA

Für meine Mutter

Mein Auto hat ein Gespür für Tränen und ahnt den Rhythmus der Jahreszeiten. Es fiel mir im September auf, als ich hinter dem Fahrersitz einen kleinen Pilz bemerkte. Er wurde jeden Tag größer und entwickelte sich schon bald zu einer ansprechenden Pilzkolonie, die schließlich einen beträchtlichen Teil der Fußmatte einnahm. Wie alle Welt wusste auch ich, dass Feuchtigkeit das Gedeihen von Pilzen begünstigt, und ich fragte mich, ob mein Spleen, jeden Morgen vor dem Wegfahren meine Arme um das Lenkrad zu schlingen und zu weinen, einer der Gründe für das rasante Wachstum der Pilze war. Um zu wissen, ob Tränen ein guter Dünger sind, und um überhaupt mehr über Pilze zu erfahren, kaufte ich mir das Buch ‹Die Freuden des Mykologen›. Ich fand heraus, dass sich in meinem Auto ein Reizker angesiedelt hatte, einer von der Art, die bei Verletzungen eine rote Flüssigkeit absondert, fast wie Blut. Diese Tatsache beunruhigte mich sehr, da ich unglücklicherweise schon als Kind beim Anblick von Blut immer in Ohnmacht gefallen war. Ich stellte mir plötzlich vor, dass, angenommen, ich würde mich umdrehen und nach meiner Tasche greifen, ich womöglich beim flüchtigen Hinschauen sähe, wie einer der Pilze blutete, und ich bewusstlos über dem Schalthebel zusammenbräche. Höchstwahrscheinlich käme es zu einem Unfall, und je nachdem, wie ich zu liegen käme, würde ich gar von der Stange durchbohrt werden. Schweren Herzens musste a mi pesar, tuve que decir al jardinero que cortara los níscalos y, una vez que el líquido se volvió azul verdoso con el contacto del aire, los preparé con pollos picantones. (Para ello seguí la receta del Anexo de *Delicias del micólogo*, que gustó mucho a mis amigos.)

Con un final tan feliz seguí utilizando sin percances mi coche: lloré a diario, lo llené de regalos de Navidad, le quité el hielo del parabrisas y esperé a que llegara la primavera como esperamos todos.

Pero nada más empezar marzo, un bulbo extraviado floreció en la alfombrilla del asiento de delante. Se trataba de unas flores de un blanco impoluto, estrelladas, que daban a mi coche un aire inmaculado, casi nupcial, de esos que agradan a las viudas y a los taxistas. Y yo, contenta con mi bulbo, compré el libro *Delicias de los bulbólogos*. En una primera lectura, concluí que se trataba de un tipo de ajo llamado «Lágrimas de la Magdalena». El nombre, desde luego, me gustó. Era seguro que su crecimiento tenía que ver con mi manía de llorar abrazada al volante, aun cuando no me llamara Magdalena.

En todo caso, debía protegerlo y empecé a exigir que mis acompañantes lo respetaran. Al principio me fue fácil porque todo acompañante es consciente de que está invadiendo el espacio de otro y, por eso, se pliega generalich also einen Gärtner bitten, die Pilze zu schneiden. Als sich dann ihr Saft an der Luft grünlich-blau verfärbt hatte, bereitete ich sie zu und servierte sie mit Stubenküken (nach einem Rezept aus dem Anhang von ‹Die Freuden des Mykologen›, das meinen Freunden sehr gut schmeckte).

Nachdem die Sache somit ein glückliches Ende genommen hatte, konnte ich meinen Wagen wieder ohne gefährliche Zwischenfälle benutzen. Ich weinte täglich darin, packte ihn mit Weihnachtsgeschenken voll, kratzte das Eis von der Windschutzscheibe und wartete wie alle anderen, dass der Frühling käme.

Doch kaum war es März geworden, trieben Blüten aus einer Blumenzwiebel hervor, die sich auf die Fußmatte des Vordersitzes verirrt hatte. Sternförmige Blumen von reinstem Weiß, die meinem Auto etwas Makelloses, Unbeflecktes verliehen, etwas fast Bräutliches, wie es Witwen und Taxifahrer mögen. Aus Freude über meine Zwiebel kaufte ich mir das Buch ‹Die Freuden der Bulbologen›. Schon beim ersten Lesen schloss ich, dass es sich um eine Knoblauchart mit dem Namen «Tränen der Magdalena» handeln musste. Ohne Frage, dieser Name gefiel mir. Dass sie in meinem Wagen wuchsen, hing sicher mit meiner Manie zusammen, überm Lenkrad gebeugt zu weinen; auch wenn ich nicht Magdalena hieß.

Auf jeden Fall wollte ich die Pflanze schützen, und fortan verlangte ich von den Leuten, die bei mir mitfuhren, auf sie Rücksicht zu nehmen. Zunächst war das auch kein Problem, denn ein Mitfahrer weiß, dass er in die Privatsphäre eines anderen eindringt. Also fügt er sich mente a sus gustos musicales, a la intensidad del aire acondicionado y a su grado de respeto a la floración espontánea. Y digo que al principio fue fácil porque tan sólo requería que el acompañante mantuviera las piernas abiertas durante el trayecto. Luego, con el crecimiento del bulbo, debían adoptar extrañas posturas de contorsionista que, en alguna ocasión, me echaban en cara. Pero sólo en alguna ocasión porque, con el roce de los pétalos, todo se impregnaba de un olor a ajo que les solía transportar a las cenas navideñas hasta el punto de que acabaron por traerse la zambomba y la pandereta para cantar cuando el trayecto lo permitía. A pesar de todas las veces que habían despotricado de la Navidad, lo cierto es que iban cogiéndole gusto a eso de oler a besugo al horno y a cantar villancicos. Incluso yo, no muy dada a celebrar esas fiestas, empecé a llevar una ramita de muérdago para que mis acompañantes me besaran al entrar al coche. Y es que la Navidad es distinta en primavera.

La vuelta del trabajo la hacía acompañada por el contable, el de presupuestos y la recepcionista. El contable, más ágil, ocupaba el asiento delantero y cada vez que dejábamos a uno en su casa, nos despedíamos emocionados deseándonos feliz Navidad en distintos idiomas. Lo hacíamos así, siguiendo las indicaciones de una felicitación que trajo el de presupuestos. Si un día nuestra despedida decía gewöhnlich dessen musikalischem Geschmack, der Einstellung der Klimaanlage im Auto und nimmt Rücksicht auf Blumen, die plötzlich darin wachsen. Ich sage, am Anfang war es noch kein Problem, weil ich den Beifahrer nur bitten musste, während der Fahrt seine Beine zu spreizen. Als die Pflanze dann aber immer weiter wuchs, sahen sich die Mitfahrenden wie Schlangenmenschen zu absonderlichen Verrenkungen genötigt. Manchmal beschwerten sie sich darüber, aber nur manchmal, denn bei Berührung der Blüten breitete sich ein Duft von Knoblauch aus, wie wir ihn von unseren weihnachtlichen Festessen kennen, sodass meine Mitfahrer schließlich Zambomba und Tamburin mitbrachten, um singen und musizieren zu können, wenn die Fahrt es erlaubte. Wie oft hatten sie über Weihnachten geschimpft! Doch jetzt fanden sie immer mehr Gefallen an diesem Geruch von im Ofen gebratener Meerbrasse mit Knoblauch und am Singen von Weihnachtsliedern. Sogar ich, die ich dem Fest auch nicht viel abgewinnen kann, hängte einen Mistelzweig ins Auto, damit meine Mitfahrer mich küssten, wenn sie einstiegen. Weihnachten im Frühling ist eben etwas anderes.

Von der Arbeit nach Hause fuhr ich immer in Begleitung des Buchhalters, des Kollegen aus dem Finanzwesen und der Dame vom Empfang. Der Buchhalter, der der Gelenkigste war, saß vorn auf dem Beifahrersitz, und jedes Mal, wenn einer zu Hause abgesetzt wurde, verabschiedeten wir uns enthusiastisch voneinander und wünschten uns in mehreren Sprachen fröhliche Weihnachten. Die Idee war von dem vom Finanzwesen gekommen, und wir anderen machten mit. Sagte also heute

Buon Natale, al día siguiente gritábamos a coro un *Merry Christmas*, un simple *Zorionak* e incluso un *Shana Tova* hebreo. Todo esto con mucha naturalidad.

Pronto decidimos celebrar el día de los inocentes los martes por la tarde. Ese día se admitían bombas fétidas y cagadas de pega.

Como el fin de semana nos reuníamos los cuatro a tomar las uvas, me compré un par de vestidos escotados y largos. Subíamos al coche con matasuegras y varios *tuppers* de uvas peladas y, después de las doce, nos abrazábamos con cariño para felicitarnos mutuamente el nuevo año.

Poco a poco dejé de llorar abrazada al volante porque me bastaban los besos bajo el muérdago del contable contorsionista y los abrazos de fin de año de los sábados. Y no sé si fue que dejé de llorar pero el caso es que un martes de junio una lluvia de pétalos blancos cayó sobre mis alfombrillas. Entonces, subida en mi coche contemplando la nieve, temí que mis amigos no volvieran a traer las zambombas y que no volvieran a desearme feliz año los fines de semana. Sobre todo temí perder los besos del contorsionista y esto me entristeció tanto que me abracé al volante para llorar con desconsuelo. Me había agarrado ya con los dos brazos cuando percibí un fuerte olor a resina balsámica. Esta vez no tenía que comprar el libro *Delicias de los coniferólogos* einer beim Abschied *Buon Natale*, riefen wir anderen am nächsten Tag im Chor *Merry Christmas* oder ein kurzes *Zorionak*[1] und manchmal sogar *Shana Tova* auf Hebräisch. Das war ganz selbstverständlich.

Schon bald beschlossen wir, jeden Dienstagnachmittag den « Tag der unschuldigen Kinder »[2] zu feiern. Dann waren Stinkbomben erlaubt, und wir foppten uns gegenseitig.

Da wir uns an den Wochenenden zum Traubenessen[3] trafen, kaufte ich mir einige weit ausgeschnittene, lange Kleider. Wir setzten uns mit Tröten und mehreren Dosen geschälter Trauben ins Auto, und nach Mitternacht umarmten wir uns und wünschten uns gegenseitig ein gutes neues Jahr.

Nach und nach hörte ich auf, die Arme um das Lenkrad zu schlingen und zu weinen, denn ich hatte ja die Küsse des Kontorsionistenbuchhalters unterm Mistelzweig und die samstäglichen Umarmungen zum neuen Jahr. Ich weiß nicht, ob es daran lag, dass ich zu weinen aufhörte, Tatsache aber ist, dass an einem Dienstag im Juni ein weißer Blütenregen auf die Fußmatten meines Autos fiel. Als ich einstieg und den Schnee sah, bekam ich Angst, dass meine Freunde nun nicht mehr mit ihren Zambombas kommen und dass sie mir an den Wochenenden nie mehr ein frohes neues Jahr wünschen würden. Vor allem befürchtete ich, die Küsse des Schlangenmenschen zu verlieren, und darüber wurde ich so traurig, dass ich mich über mein Lenkrad lehnte und untröstlich weinte. Ich hielt es schon eine ganze Weile mit beiden Armen umklammert, als ich einen strengen, harzigen Balsamgeruch wahrnahm. Dieses Mal musste ich nicht porque estaba claro que lo que había brotado bajo mis pies era un abeto, un pequeño abeto de Navidad.

das Buch ‹Die Freuden der Koniferologen› kaufen, denn das, was da unter meinen Füßen hervorspross, war eindeutig ein Tännchen, ein kleiner Weihnachtsbaum.

→ Aufmerksamkeitsdefizit

- ständige Suche nach Liebe, Zuneigung (körperlich!)

ODER:

vermisst Mutter

1 *Zorionak* (baskisch): eigentlich: Glückwunsch, hier: frohe Weihnachten; *Zorionak eta Urte Berri On*: Frohe Weihnachten und ein glückliches neues Jahr

2 *Der Tag der unschuldigen Kinder*: *El Día de los Santos Inocentes* oder auch nur *El Día de los Inocentes* ist der «Tag der Unschuldigen Kinder», der in der katholischen, anglikanischen und orthodoxen Kirche am 28. Dezember gefeiert wird; er geht zurück auf den Kindermord in Bethlehem. In Spanien spielt man an diesem Tag seinen Mitmenschen Streiche, wie man es in Deutschland am 1. April macht. Beliebt ist auch das Werfen von Stinkbomben. (*inocente* = unschuldig, aber auch einfältig, naiv)

3 *Traubenessen*: In Spanien werden um Mitternacht zum Jahreswechsel geschälte Weintrauben gegessen, eine je Glockenschlag. In den Geschäften gibt es geschälte und entkernte Trauben in Dosen zu kaufen.

LA MUJER QUE SE DEJABA LOS PARAGUAS

Para Ana

Vi por primera vez a la mujer que se dejaba los paraguas en un bar poco antes de que olvidara uno morado junto a mi abrigo. Si me fijé fue sólo porque era violeta.

Como me enloquecen las mujeres violáceas – y ésta lo era mucho – recogí su paraguas morado y volví al día siguiente a la misma hora, metí el paraguas debajo de la barra y esperé. Esa noche no llovía. Las siguientes noches hice lo mismo pero ella no apareció.

El lunes llovía con ganas y decidí no ir al bar y es que, aunque fuera violeta, con esa lluvia me pareció que no era para tanto. Además, seguro que había miles de mujeres de ese color que no tenían la fea costumbre de dejarse los paraguas.

Pero la casualidad hizo que la viera en la parada del autobús bajo su paraguas y, como llevaba una semana esperando, me detuve para mirarla. Estaba mojada pero sé que esto nunca les importa a este tipo de mujeres. Dudé si bajarme del coche pero al ver que una moto salpicaba sus piernas largas y violetas, me decidí y le ofrecí llevarla a su casa. La mujer que se dejaba los paraguas morados en los bares, aceptó.

DIE FRAU, DIE REGENSCHIRME VERGASS

Für Ana

Ich sah die Frau, die Regenschirme stehenließ, zum ersten Mal in einer Bar, kurz bevor sie einen purpurroten Schirm vergaß, der neben meinem Mantel stand. Dass ich es überhaupt bemerkte, lag nur daran, dass sie lila war.

Da mich violette Frauen wahnsinnig machen, und sie war sehr violett, nahm ich ihren purpurroten Schirm an mich und kehrte tags darauf zur gleichen Zeit in die Bar zurück. Ich legte den Schirm unterhalb des Tresens ab und wartete. An diesem Abend regnete es nicht. An den folgenden Abenden machte ich es ebenso, aber sie erschien nicht.

Am Montag regnete es in Strömen, und ich beschloss, nicht in die Bar zu gehen. Denn obwohl sie lila war, fand ich, dass man nun auch nicht übertreiben sollte, bei so einem Regen. Außerdem gab es sicher Tausende Frauen von solcher Farbe, die nicht die leidige Angewohnheit hatten, Schirme stehenzulassen.

Aber der Zufall wollte es, dass ich sie an der Bushaltestelle unter ihrem Regenschirm stehen sah, und da ich eine Woche lang auf sie gewartet hatte, hielt ich und schaute zu ihr hinüber. Sie war ganz nass, aber ich weiß, dass das diese Art von Frauen nicht stört. Ich überlegte mir noch, ob ich aus dem Wagen aussteigen sollte, als ein Motorrad ihre langen violetten Beine vollspritzte. Da beschloss ich, ihr anzubieten, sie nach Hause zu fahren. Die Frau, die purpurrote Schirme in den Bars vergaß, nahm mein Angebot an.

Le dije que en el asiento trasero encontraría su paraguas, que lo había guardado para devolvérselo. Pero la mujer que acostumbra a dejarse los paraguas en el bar también se los deja en los coches y, cuando me quise dar cuenta, estaba demasiado lejos para gritarle que se estaba calando y que se había dejado los dos paraguas: uno en el asiento delantero y otro detrás.

El hecho de verlos en mi coche me ponía extrañamente nervioso y, como llegaba la temporada de lluvias, me propuse averiguar si se los dejaba siempre.

La esperé en el bar para observar cómo, día a día, se olvidaba el paraguas. Y día tras día la perseguí, la llevé a su casa y la miré de lejos sin poder evitar que en mi coche se quedaran sus paraguas. Ya no podía quitármela de la cabeza.

Realmente era la mujer más violeta que había conocido, y desde que reconocí en un paraguas su infancia, en el plegable sus deseos, en el de flores sus fracasos y en el morado sus tonalidades violetas, mi único cometido fue evitar que se dejara los paraguas e intentar que recuperara alguno. Sin embargo, nunca lo conseguía: un día llegaba a casa con su primer amor en un paraguas rosa y al siguiente, con su maternidad en uno rojo.

Y como vivir para recoger los paraguas de una mujer violeta acaba siendo insoportable, aprovechando que apareció por

Ich sagte ihr, dass sie auf dem Rücksitz ihren Regenschirm fände; ich hätte ihn mitgenommen, um ihn ihr zurückzugeben. Aber die Frau, die immer ihre Schirme in Bars vergisst, vergisst sie auch in Autos. Und als ich es merkte, war sie schon viel zu weit weg, um noch hinter ihr herzurufen, dass sie doch nass werden würde und dass sie ihre beiden Regenschirme vergessen habe, einen auf dem Vordersitz und den anderen hinten.

Der Anblick der Schirme in meinem Auto machte mich seltsam nervös, und da die Regenzeit begonnen hatte, wollte ich wissen, ob sie sie immer stehenließ.

Ich wartete wieder in der Bar auf sie und beobachtete, wie sie jeden Tag ihren Regenschirm vergaß. Und jeden Tag fuhr ich ihr nach und brachte sie nach Hause. Ich blickte hinter ihr her und konnte es nicht verhindern, dass ihre Schirme in meinem Auto zurückblieben. Die Frau ging mir nicht mehr aus dem Sinn.

Sie war wirklich die violetteste Frau, die ich je kennengelernt habe, und seit ich in einem Schirm ihre Kindheit erkannte, in dem Taschenschirm ihre Sehnsüchte, in dem mit den Blumen die Momente ihres Scheiterns und in dem purpurroten ihre Lilafärbung, setzte ich alles daran, dass sie ihre Schirme nicht mehr liegenließ oder doch wenigstens einen wieder mitnahm, aber ich schaffte es nie. Und so brachte ich an einem Tag ihre erste Liebe in einem rosa Schirm mit nach Hause und am nächsten Tag ihre Mutterschaft in einem roten.

Doch nur zu leben, um die Regenschirme einer lila Frau einzusammeln, ist auf Dauer unerträglich. Als sie daher einmal in meinem Büro auftauchte, nutzte ich mi oficina cogí su paraguas y la llevé a mi casa para hacerla entrar en razón. Lloró con rabia en el sofá y me hizo comprender que ella no salía a ganarse la vida, ni a ir al cine, ni a comprar el pan sino a dejarse los paraguas. Eso le quitaba el aire y la hacía tan violeta. Quizá era lo que me gustaba de ella.

Pero como no podía seguir viviendo bajo la amenaza de los paraguas que se va dejando una mujer, tomé cartas en el asunto.

Le até el paraguas al brazo y la obligué a salir por la puerta.

Entonces comenzó a temblar y al verla tan vulnerable, devolví el paraguas al paragüero y la abracé muy fuerte.

Traté de convencerla para que cambiara de actitud, le dije que seguro que había algo con lo que quería quedarse. Tenía la suerte de poder recuperar sus deseos, su primer amor o el paraguas rojo con su maternidad; yo los había recogido y los guardaba celosamente. Si era eso lo que le quitaba el aire, estaba dispuesto a ayudarla. Y ella que no, que le daba igual, que le gustaba verse violeta.

Y como las mujeres que se dejan los paraguas son muy compulsivas además de cabezotas, la metí debajo de mi edredón, me di media vuelta y, con su imagen tranquila e infinitamente violeta, me quedé dormido.

die Gelegenheit, packte ihren Schirm und nahm sie mit zu mir, um sie zur Vernunft zu bringen. Da saß sie auf dem Sofa und weinte voller Frust. Sie gehe nicht aus dem Haus, erklärte sie mir, um zu arbeiten oder ins Kino zu gehen, und auch nicht, um Brot zu kaufen, sondern nur, um Regenschirme stehenzulassen. Das nehme ihr die ganze Luft zum Atmen und lasse sie so blauviolett werden. Vielleicht war es ja das, was mir an ihr gefiel.

Aber ich konnte nicht länger mit der Androhung leben, dass eine Frau ständig ihre Regenschirme vergaß, und so nahm ich mich der Sache an.

Ich befestigte den Schirm an ihrem Arm und wollte sie energisch zur Tür hinausschieben.

Da begann sie zu zittern. Wie ich sie aber so verletzlich sah, band ich den Regenschirm wieder los, stellte ihn zurück in den Schirmständer und nahm sie ganz fest in meine Arme.

Ich wollte sie davon überzeugen, dass sie ihre Haltung ändern müsse. Es gäbe doch sicher irgendetwas, sagte ich, das sie gern behalten wolle. Sie habe doch das Glück, dass sie all ihre Sehnsüchte, ihre erste Liebe und den roten Schirm mit ihrer Mutterschaft zurückbekommen könne; ich hätte sie alle gesammelt und hütete sie wie meinen Augapfel. Wenn es das sei, was ihr die Luft zum Atmen nähme, so wäre ich bereit, ihr zu helfen. Aber sie sagte Nein, es sei ihr egal, und lila zu sein, gefiele ihr.

Da Frauen, die Regenschirme vergessen, zwanghaft und außerdem dickköpfig sind, zog ich sie unter meine Bettdecke, drehte mich um und mit ihrem friedlichen und unendlich violetten Bild vor Augen schlief ich ein.

Al despertar llovía desconsoladamente y al verme solo salí a buscarla.

La casa estaba vacía pero en el paragüero de la entrada se dejó un paraguas verde y la esperanza.

Als ich aufwachte, regnete es trostlos, und als ich merkte, dass ich allein war, stand ich auf, sie zu suchen.

Das Haus war leer, aber im Schirmständer in der Diele hatte sie einen grünen Regenschirm stehenlassen und die Hoffnung.

Juan para en el puesto de flores, no ha tenido tiempo de comprarle un regalo a Pilar y es la primera vez que le ocurre.

Es el puesto de Pili y, de pronto, se fija que Pili se ha pintado y que debajo del delantal lleva un vestido nuevo. ¡Claro, es porque es su santo! Como Juan felicita a Pili, ésta se lo agradece y le hace personalmente el ramo. Elige unas hojas de otoño, unas rosas blancas que ella dice que son jordanas y unas flores fucsias. Después lo adorna con una cinta de rafia y le regala la planta del dinero.

Juan paga y sonríe agradecido pero se ve obligado a llevar las dos manos ocupadas. Una con el ramo de otoño – que ahora le parece enorme – y otra con la planta del dinero.

Comienza a bajar la calle y se siente ridículo hasta tal punto que piensa en regalar la planta del dinero a una rumana, con pañuelo y dientes de oro, que le pide algo para comer. Pero, qué diablos, a él también le hace falta el dinero. Sigue bajando con las dos manos ocupadas y siente calor. Piensa en dejar las flores en un banco pero teme que se estropeen. Son para Pilar y, de pronto, le entra un ataque de amor al imaginársela oliendo al último perfume de Dolce & Gabbana, con una falda negra con raja, con unas medias de rejilla, tacón alto y un jersey de cuello vuelto sin mangas. En realidad, no sabe

HERZLICHEN GLÜCKWUNSCH, PILAR

Espanidad / Del día de Pilar (12 de oct.)

Juan hält am Blumenstand. Er hatte keine Zeit gehabt, für Pilar ein Geschenk zu kaufen; es ist das erste Mal, dass ihm das passiert ist.

Der Stand gehört Pili, und plötzlich fällt ihm auf, dass Pili sich geschminkt hat und unter ihrer Schürze ein neues Kleid trägt. Ach ja, natürlich, heute ist ihr Namenstag! Pili bedankt sich für Juans Glückwünsche und stellt ihm den Blumenstrauß zusammen. Sie wählt Herbstblumen, dazu weiße Rosen, *Jordanas*, wie sie sagt, und Fuchsien. Dann schmückt sie den Strauß mit einem Band aus Bast und schenkt ihm einen Geldbaum[1] dazu.

Juan lächelt dankbar und bezahlt. Dafür hat er nun aber beide Hände voll. In der einen trägt er den Herbststrauß, den er jetzt als riesig empfindet, in der anderen den Geldbaum.

Es ist ihm, während er die Straße entlanggeht, so peinlich, dass er drauf und dran ist, das Geldbäumchen einer Rumänin mit Kopftuch und Goldzähnen zu schenken, die ihn um etwas zu essen anbettelt. Aber zum Teufel, er hat doch selbst kein Geld! Beladen, wie er ist, geht er weiter, ihm wird ganz heiß. Er will die Blumen auf einer Bank ablegen, aber er befürchtet, dass sie dabei kaputtgehen könnten. Sie sind doch für Pilar. Er stellt sich vor, dass sie nach dem neuesten Parfum von Dolce & Gabbana duftet, einen schwarzen Rock mit Schlitz trägt, dazu Netzstrümpfe, Schuhe mit hohen Absätzen und einen ärmellosen Rollkragenpulli, und por qué le entra un ataque de amor al imaginarla vestida así, ya que Pilar siempre lleva vaqueros y jerséis amplios y, además, huele a lavanda. En todo caso, deja el ramo en el banco, con riesgo de estropear alguna rosa, y se quita la chaqueta. Después, recoge el ramo, la planta del dinero y la chaqueta de cuadros.

Sigue bajando por la calle pero se siente incómodo, no sólo lleva las dos manos ocupadas sino que la chaqueta le cuelga del brazo. Pero, al fin y al cabo, es el santo de Pilar y eso merece un poco de incomodidad, incluso tanta incomodidad.

Se cruza con tres adolescentes de las de pantalones bajos y tripa al aire. Piensa que son guapas. Ellas se dan cuenta de que Juan-con-su-ramo-su-planta-y-su-chaqueta les está mirando y comienzan a cuchichear. Ahora le parecen inocentes. Esto le provoca un ataque de exaltación de la adolescencia y piensa en darles la planta del dinero pero se la queda porque es seguro que a estas niñas les paga la discoteca papá.

Continúa calle abajo cuando aparece su tía Pilarín. Hace meses que no la ve. Ni siquiera se había acordado de que era su santo y es la única tía que le queda. La tía Pilarín se acerca sin piedad y, a pesar de los esfuerzos que hace Juan por esconderse tras las hojas de otoño, tras las rosas jordanas y tras la cinta plötzlich durchflutet ihn eine Welle zärtlichster Gefühle. Er begreift nicht, wieso ihn die Liebe überfällt, wenn er sie sich so vorstellt. Denn Pilar trägt eigentlich nur Jeans und weite Pullis, und außerdem riecht sie nach Lavendel. Aber wie dem auch sei, er legt nun doch den Strauß auf eine Bank, auch auf die Gefahr hin, dass es der ein oder anderen Rose schadet, und zieht sich das Jackett aus. Dann nimmt er den Strauß, den Geldbaum und das karierte Jackett wieder auf.

Er geht weiter, aber er fühlt sich unwohl. Nicht nur, dass er beide Hände voll hat, jetzt hat er auch noch das Jackett über dem Arm hängen. Aber Pilar hat heute nun einmal Namenstag, und das sollte ihm ein bisschen Unbequemlichkeit wert sein. Nicht nur ein bisschen, viel sogar.

Drei junge Mädchen kommen ihm entgegen, alle drei mit Hüfthosen und nacktem Bauch. Hübsch sind sie, findet er. Als sie merken, dass Juan-mit-seinem-Strauß-seiner-Pflanze-und-seinem-Jackett sie anschaut, fangen sie zu tuscheln an. Noch richtig kindlich erscheinen sie ihm jetzt, und er preist die hehre Zeit der Jugend. Er überlegt sich sogar, ihnen den Geldbaum zu schenken, aber dann behält er ihn doch, weil er sich sicher ist, dass der Papa den Mädchen die Disco bezahlt.

Er läuft weiter die Straße hinunter, da taucht seine Tante Pilarín auf. Monate schon, dass er sie nicht gesehen hat. Er hat noch nicht einmal daran gedacht, dass heute auch ihr Namenstag ist, und das, wo sie doch die einzige Tante ist, die er noch hat. Tante Pilarín kommt näher, unerbittlich, und obwohl er versucht, sich hinter dem Herbststrauß, den weißen *Jordanas* und dem Bastde rafia, se encuentra indefenso frente a su bastón y sus labios de carmín fosforito.

Juan besa a la tía Pilarín y se llena de ternura al recordar las chocolatadas que, cuando él era pequeño, hacía en el campo y el olor a croissant de casa de su abuela. Ve a la tía Pilarín muy vieja y, mientras, ella le deja la mejilla con marcas de carmín. A Juan le entra tal ataque de amor viendo tan indefensa a la tía Pilarín que, recordando el olor a croissant, se plantea regalarle la planta del dinero o incluso el ramo.

Aunque la tía Pilarín es una pensionista, a Juan le parece un agravio comparativo regalarle la planta del dinero porque cada vez ve el ramo más grande. Decide, entonces, regalarle el ramo pero vuelve a pensar en Pilar con la falda con raja, las medias de rejilla y los tacones altos y se arrepiente. No recuerda que Pilar viste vaqueros y jerséis amplios.

Entonces le dice a la tía Pilarín que le ha comprado un perfume de Dior, de los de cuadritos, y que mañana mismo pasará por su casa para dárselo.

La tía Pilarín le agradece mucho que recuerde su marca de perfume, le dice que felicite a Pilar de su parte y se despide plantándole, entre las hojas de otoño, otro beso de carmín ahora mucho más efusivo.

Juan se siente feliz pensando en sus haband zu verstecken, sieht sich Juan schutzlos ihrem Stock und ihren leuchtend karminroten Lippen ausgeliefert.

Er gibt Tante Pilarín einen Kuss, und Zärtlichkeit erfüllt ihn, als er sich daran erinnert, wie sie ihm draußen auf dem Land heiße Schokoladen zubereitet hat, damals, als er noch klein war, und er riecht auch wieder den Duft von Croissants im Haus seiner Großmutter. Während sie auf seiner Wange Spuren von Karminrot hinterlässt, bemerkt er, wie alt Tante Pilarín geworden ist, und weil sie ihm so zerbrechlich erscheint und er an den Duft der Croissants denken muss, überkommt ihn ein solches Gefühl der Zuneigung, dass er ihr den Geldbaum schenken will. Und vielleicht den Blumenstrauß noch dazu.

Aber dann findet Juan, dass es fast einer Beleidigung gleichkäme, Tante Pilarín den Geldbaum zu schenken, obwohl sie ja Rentnerin ist. Auch weil ihm der Strauß inzwischen viel schöner vorkommt, beschließt er, ihr die Blumen zu schenken. Doch da denkt er wieder an Pilar, Pilar im Rock mit Schlitz, mit Netzstrümpfen und hohen Absätzen, und er bereut seinen Entschluss. Dass Pilar Jeans und weite Pullover trägt, kommt ihm gar nicht in den Sinn.

Also sagt er Tante Pilarín, dass er ihr ein Parfum von Dior gekauft habe, das mit dem Hahnentrittmuster, und dass er es gleich morgen bei ihr vorbeibringen würde.

Tante Pilarín freut sich sehr und bedankt sich, dass er sich an ihre Parfummarke erinnert hat. Sie bittet ihn, Pilar Grüße von ihr auszurichten, und durch den Herbststrauß hindurch verpasst sie ihm mit noch überschwänglicherer Herzlichkeit einen zweiten Karminkuss.

Zufrieden, dass er so viel diplomatisches Geschick bebilidades diplomáticas y sigue recorriendo la calle con el ramo, la planta del dinero, la chaqueta colgada del brazo y dos manchas de carmín fosforito, una en cada mejilla.

Pero se acuerda de que Pilar es muy celosa. Le parece evidente que no se va a creer la historia de la tía Pilarín por lo que piensa en dejar las plantas en un escalón y limpiarse la cara pero, como no lleva pañuelo, decide entrar en una cafetería.

Se sienta en una mesa, deja las plantas en la silla de enfrente y la chaqueta en el respaldo de la suya. Espera a que le traigan el café para ir al baño a lavarse la cara. Mientras está sentado oye sonar la música de su móvil, se da la vuelta para buscarlo en la chaqueta, se equivoca de bolsillo y cuando gira para buscar en el otro, ve cómo se acerca una mujer vestida de negro, con una falda con raja, un jersey de cuello vuelto sin mangas, medias de rejilla y hasta tacones altos. Va directamente hacia su mesa y eso le distrae hasta el momento en que el teléfono deja de sonar.

La mujer se acerca y parece que le conoce pero Juan no se ha puesto las gafas y no sabe quién es.

Cuando está a medio metro reconoce a su vecina Mapi que le parece muy guapa así vestida y ahora que se ha quitado los *brackets* de estética que llevaba los últimos meses.

Juan se levanta, ella le besa y busca en el bolso un pañuelo pensando que le ha dejado marcas de carmín. Juan le agradece el pañuelo y, wiesen hat, setzt Juan seinen Weg fort, mit dem Strauß, mit dem Geldbaum und mit dem Jackett überm Arm und den zwei flammend roten Flecken, einen auf jeder Wange.

Dann fällt ihm ein, dass Pilar sehr eifersüchtig ist. Ganz sicher wird sie ihm die Geschichte mit Tante Pilarín nicht glauben. Er will die Blumen und die Pflanze auf einer Stufe ablegen, um sich das Gesicht zu säubern. Aber da er kein Taschentuch hat, geht er in ein Café.

Er setzt sich an einen Tisch, legt Blumen und Strauß auf den Stuhl gegenüber und hängt sein Jackett hinter sich über die Rückenlehne. Während er auf den Kaffee wartet, damit er dann auf die Toilette gehen und sich das Gesicht waschen kann, klingelt sein Handy. Er dreht sich um und greift in die Tasche seines Jacketts, aber es ist die falsche. Als er sich zur anderen Seite wendet, um dort nachzusehen, sieht er eine Frau auf sich zukommen. Sie ist schwarz gekleidet, trägt einen Rock mit Schlitz und einen Rollkragenpulli ohne Ärmel, dazu Netzstrümpfe und auch hohe Absätze. Sie steuert direkt auf seinen Tisch zu, worüber er das Klingeln des Telefons vergisst. Schließlich verstummt es.

Die Frau kommt näher, sie scheint ihn zu kennen. Aber Juan hat keine Brille auf und weiß nicht, wer sie ist.

Erst als sie einen halben Meter vor ihm steht, erkennt er Mapi, seine Nachbarin, und in dieser Kleidung und ohne die Zahnspange, die sie in den letzten Monaten getragen hat, findet er sie äußerst attraktiv.

Juan erhebt sich, sie küsst ihn, dann sucht sie in ihrer Handtasche nach einem Taschentuch, denn sie glaubt, die karminroten Flecken stammten von ihr. Juan bedankt cuando se lo acerca a la cara, nota el intenso olor de último perfume de Dolce & Gabbana. Esto le recuerda que llega tarde a su cita con Pilar, y no sabe por qué, porque lo cierto es que Pilar huele a lavanda.

Mientras tanto, y sin pensarlo, invita a Mapi a sentarse y, ahora que la tiene enfrente, sus piernas de rejilla le parecen perfectas. Además, no sólo el pañuelo sino toda ella huele a Dolce & Gabbana.

Hablan del otoño, de la última cena en que coincidieron y de lo bonitas que son las flores que Juan ha comprado.

De pronto, Mapi mira el reloj y se empeña en pagar la cuenta. Suena el teléfono de Juan pero él, con una excusa, lo deja pasar. Mapi recoge las vueltas y se pone de pie. No puede dejar de mirarla, es perfecta, toda de negro y con las medias de rejilla. A Juan le entra un ataque de amor. Acaba de darse cuenta de que también es el santo de Mapi, por eso le ha invitado. Entonces coge el ramo de la silla y se lo regala. Mapi no lo quiere aceptar pero Juan insiste en que lo ha comprado para ella.

El olor de Dolce & Gabbana le envuelve mientras salen de la cafetería pero deja de sentirlo en cuanto una rumana, con pañuelo y dientes de oro, les pide algo para comer.

Juan le regala la planta del dinero asegurando que le traerá suerte. Después se pone la chaqueta.

sich, und als er sich mit dem Tuch übers Gesicht fahren will, riecht er den intensiven Duft des neuesten Parfums von Dolce & Gabbana. Dabei stellt er fest, dass er zu spät zu seiner Verabredung mit Pilar kommen wird. Er weiß nicht, wieso ihm das gerade jetzt einfällt, denn Pilar riecht eindeutig nach Lavendel.

Da hat er schon, ohne darüber nachzudenken, Mapi gebeten, sich zu setzen, und wie sie ihm nun so gegenübersitzt, erscheinen ihm ihre Netzbeine vollkommen. Außerdem duftet nicht nur das Taschentuch nach Dolce & Gabbana, die ganze Mapi duftet danach.

Sie reden über den Herbst und das Abendessen neulich, bei dem sie sich zufällig getroffen hatten, und wie schön die Blumen sind, die Juan gekauft hat.

Mit einem Mal schaut Mapi auf die Uhr, dann besteht sie darauf, die Rechnung zu bezahlen. Juans Handy klingelt, aber er findet eine Entschuldigung und lässt es läuten. Mapi steckt das Wechselgeld ein und steht auf. Er muss sie unentwegt anschauen, sie ist vollkommen, so ganz in Schwarz und mit den Netzstrümpfen. Eine Woge von Liebe überrollt ihn. Und dann kommt ihm, dass ja heute auch ihr Namenstag ist. Deshalb hat sie ihn eingeladen! Juan nimmt den Blumenstrauß vom Stuhl und schenkt ihn ihr. Mapi möchte ihn gar nicht annehmen, aber er beharrt darauf, er habe ihn für sie gekauft.

Als sie das Café verlassen, hüllt ihn der Duft von Dolce & Gabbana ein, aber er nimmt ihn nicht mehr wahr, als eine Rumänin mit Kopftuch und Goldzähnen sie um etwas zu essen bittet.

Juan schenkt ihr den Geldbaum, er bringe Glück, versichert er. Dann zieht er sich sein Jackett wieder an.

Se siente ligero; por primera vez en la mañana tiene las manos libres. Pero es sólo un instante. Cuando ve alejarse a Mapi con esa falda de raja y las medias de rejilla, se da cuenta de que es ella y sólo ella la que huele de verdad a Dolce & Gabbana.

Leicht fühlt er sich jetzt. Das erste Mal an diesem Morgen, dass er alle Hände frei hat. Aber das währt nur einen Augenblick. Als er Mapi davongehen sieht, in diesem Rock mit Schlitz und den Netzstrümpfen, wird ihm plötzlich bewusst, dass sie es ist und wirklich nur sie allein, die nach Dolce & Gabbana duftet.

1 *Geldbaum*: Den Begriff Geldbaum oder Pfennigbaum gibt es in Spanien und in Deutschland, es handelt sich dabei aber um zwei verschiedene Pflanzen. Der deutsche Geldbaum gehört zur Gattung Dickblatt (*crassula ovata*), das spanische Geldbäumchen (*planta del dinero*) ist ein eher buschiges Gewächs mit dünneren Blättern (*Plectranthus australis*, auch Schwedischer Efeu genannt). In Spanien glaubt man, dass einem nie das Geld ausgeht, wenn man eine solche Pflanze zu Hause hat.

Laura es como una música de fondo, una música que siempre estuvo ahí y sin la que quizá no hubiera podido seguir adelante, pero eso lo supe después. Nuestra amistad es muy antigua y puede ser que se iniciara porque compartíamos una especie de tonsura que es común a aquellos que no acaban de encontrar su sitio en el mundo. Me pasa a mí y también le pasa a ella aunque es algo que nunca comentamos. Quizá antes lo hacíamos, pero desde que me convertí en un hombre de éxito disimulo como puedo, incluso delante de Laura.

Durante estos años, siempre que la invitaba a cenar, Laura, inteligente y cínica, abría mucho los ojos demostrando admiración y dando cancha a mis comentarios de ilustre arquitecto. Sin embargo, a ratos sentía su mirada escudriñando bajo mis rizos, comprobando que seguía tonsurado.

Desde hace algún tiempo, Laura, además de mi tonsura, sabe de mi ausencia, la siente. Pueden pasar meses sin que nos llamemos pero si voy por trabajo a Vitoria o a Cáceres, siempre suena el teléfono y siempre es Laura. Sólo llama cuando viajo y eso me hace pensar que quizá yo también suene para ella como una música de fondo cuya ausencia la paraliza. Sus llamadas cubren el vacío de la habitación del hotel

MUSIK IM HINTERGRUND

Laura ist wie Musik im Hintergrund. Musik, die immer da war und ohne die ich wahrscheinlich im Leben nicht vorangekommen wäre. Aber das begriff ich erst später. Unsere Freundschaft ist uralt, und es kann sein, dass sie daher rührt, dass wir beide so etwas wie eine Tonsur hatten, ein Zeichen, an dem man Leute erkennt, die ihren Platz im Leben noch nicht gefunden haben. Bei mir ist das so und auch bei ihr, aber wir reden nie darüber. Vielleicht haben wir früher einmal darüber gesprochen, aber seit ich ein erfolgreicher Mann geworden bin, verstelle ich mich, so gut es geht. Auch gegenüber Laura.

Immer wenn ich sie in den vergangenen Jahren zum Abendessen einlud, zollte mir Laura, eine intelligente, spöttische Laura, mit großen Augen Bewunderung und ließ mich, den berühmten Architekten, reden. Doch spürte ich bisweilen ihren prüfenden Blick, der unter meinen Locken zu erforschen suchte, ob sie noch immer da war, diese Tonsur.

Seit einiger Zeit weiß Laura, wie es um meine Tonsur bestellt ist, und sie weiß um mein Fernbleiben. Sie bedauert es. Monate können vergehen, ohne dass wir uns anrufen. Wenn ich aber aus beruflichen Gründen nach Vitoria oder Cáceres fahre, läutet jedes Mal das Telefon, und immer ist es Laura. Sie ruft nur an, wenn ich verreise, und das lässt mich vermuten, dass auch ich möglicherweise für sie wie Musik im Hintergrund klinge, und es sie lähmt, wenn sie diese Musik nicht hört. Ihre

Londres desde la que contemplo el paseo de La Concha o cubren la espera de un aeropuerto anodino.

« Estoy en Sevilla – le digo – voy a cenar solo », charlemos. Y esta historia se repite en Valencia, en Santiago o en Bilbao y charlamos de lo bonita que está la ciudad desde que hicieron el paseo que bordea la ría o de que, desde la habitación, se oye el mar. A veces leo para ella algún fragmento del libro que me acompaña en mis viajes desde hace años, a veces llevo el teléfono a la orilla de la playa para acercarle las olas, a veces no tengo ganas de hablar y la oigo sin apenas entender lo que dice pero escuchando su voz que, después de muchos viajes, me resulta imprescindible. Entonces la animo a seguir; sólo quiero oírla.

Y así vamos recorriendo España, las ciudades de provincia con sus murallas deterioradas, con sus puertos deportivos, con sus bares de copas. Laura viaja conmigo como antes lo hacía aquel libro que he empezado a olvidar en la mesilla de casa. Es tal la necesidad que tengo de oirla desde el hotel, desde un bar o desde el aeropuerto que no descanso hasta que no llama. Miro el teléfono cuando paso el control de policía de la Terminal dos, lo vuelvo a mirar según aterrizamos, antes de entrar en la concejalía de urbanismo, durante el almuerzo, antes de acostarme. Sé que si no llama lo hará al día siguien-

Anrufe füllen die Leere des Zimmers im Hotel London, von wo aus ich auf den Paseo de la Concha[1] blicke, oder sie überbrücken die Wartezeit auf einem öden Flughafen.

«Ich bin in Sevilla», sage ich zu ihr, «ich gehe jetzt abendessen, allein.» Und wir reden ein wenig. Das wiederholt sich in Valencia, in Santiago oder in Bilbao. Wir stellen fest, wie hübsch die Stadt geworden ist, seit sie die Promenade entlang der Flussmündung gebaut haben, oder ich sage, dass man vom Hotelzimmer aus das Meer hören kann. Manchmal lese ich ihr einen Abschnitt aus dem Buch vor, das mich seit Jahren auf meinen Reisen begleitet, manchmal nehme ich das Telefon mit an den Strand, damit sie näher an der Brandung ist. Manchmal habe ich keine Lust zu reden, höre ihr einfach nur zu und verstehe kaum, was sie sagt, aber ich lausche ihrer Stimme, auf die ich nach so vielen Reisen nicht mehr verzichten kann. Dann tue ich alles, damit sie weiterspricht; ich möchte sie einfach nur hören.

Auf diese Weise kommen wir durch ganz Spanien, in all die Provinzstädte mit ihren heruntergekommenen Stadtmauern, ihren Yachthäfen, ihren Bars. Laura reist mit mir wie zuvor dieses Buch, das ich irgendwann einmal zuhause auf dem Nachttisch vergessen habe. Sie im Hotel zu hören, in einer Bar, auf einem Flughafen, ist mir zur Notwendigkeit geworden, und ich habe keine Ruhe, bis sie anruft. Ich schaue aufs Display meines Handys, wenn ich die Polizeikontrolle von Terminal zwei passiere, ich schaue wieder, sobald wir gelandet sind, bevor ich das Stadtplanungsamt betrete, während des Mittagessens, bevor ich mich schlafen lege. Ich weiß, wenn sie nicht anruft, wird sie es am nächsten Tag tun, und ich werde ihre fröhliche te y oiré su música alegre a la hora del café y el croissant o, como despedida, justo cuando voy a embarcar de vuelta en Lavacolla.

Ya no viajo para presentar un proyecto, ni para reunirme con un promotor, simplemente lo hago para que me acompañe. Tanto es así que busco clientes en provincias y he aceptado ser miembro de un tribunal de oposiciones en Zamora sólo por salir. Y es que cada día que paso sin la música de Laura es como si estuviera perdido. Viajo, viajo todos los días y miro impaciente el teléfono hasta escucharla. Hablamos desde el sur, desde el este y mucho desde el norte – que a ella le gusta más – hasta que me doy cuenta de que estoy empezando a encontrar mi sitio en el mundo. Es ese lugar donde siempre se escuche la voz de Laura. Necesito decirle que recorro España por oírla, pero temo que su sinfonía sólo suene bien de lejos.

Musik bei Morgenkaffee und Croissant hören oder wenn ich gerade in Lavacolla[2] zum Rückflug einchecke. Ein Flieg-gut!-Gruß.

Ich reise schon lange nicht mehr, um ein Projekt vorzustellen oder um mich mit Sponsoren zu treffen. Ich reise nur, damit sie mich begleitet. Deshalb suche ich mir Kunden in der Provinz, und ich habe mich bereiterklärt, Mitglied einer Prüfungskommission in Zamora zu werden, nur um wegfahren zu können. Und jeder Tag ohne die Musik von Laura ist ein verlorener Tag. Ich reise, ich reise jeden Tag und blicke ungeduldig auf das Telefon, bis ich sie höre. Wir reden, wenn ich im Süden bin, wenn ich im Osten bin und vor allem, wenn ich im Norden bin, der ihr besonders gut gefällt. Wir reden, und ich merke, dass ich dabei bin, meinen Platz auf dieser Welt zu finden. Es ist der Ort, an dem man immer Lauras Stimme hört. Ich muss ihr sagen, dass ich durch Spanien reise, um ihr zu lauschen. Aber ich befürchte, dass ihre Melodie nur aus der Ferne schön klingt.

1 *Paseo de la Concha*: Uferpromenade in San Sebastián
2 *Lavacolla*: Flughafen von Santiago de Compostela

La maldición del impaciente es tomarse el poleo templado. Pero no lo voy a recalentar, cada uno debe asumir sus defectos y yo, ahora, debo penar mi impaciencia. Así, resignada y con la taza en la mano, voy al cuarto del ordenador.

Delante de mí hay un calendario, veo que es martes trece de enero de año bisiesto. Mal día para empezar con el poleo templado, mal día para escribir. Pero ya estoy sentada y abro el ordenador esperando algo que aún no sé qué es. Algo que estoy segura de que va a llegar. Martes trece, año bisiesto, sí, una momia. La momia que vi la última vez en el Museo Británico. Es un día perfecto para escribir sobre momias. Y es que la última semana he pensado mucho en ella. Era un varón del 3500 a.C. y el letrero decía que se había conservado gracias a la sequedad del desierto; lo recuerdo bien. Seguro que la había visto otras veces pero, en esta ocasión, sentí lástima al verla completamente rodeada de turistas que no paraban de hacerle fotos. Era un cuerpo recostado en la posición que adoptan los fetos, en esa posición en la que a algunos aún nos gusta dormir. Carne, tenía muy poca y como la mojama, algún diente y expresión de falta de paz. Esto fue lo que me hizo fijarme en ella y lo que quizá me dolió. Se había llevado

Der Fluch des Ungeduldigen ist lauwarmer Poleiminztee. Aber wieder aufwärmen werde ich ihn nicht, jeder muss seine Fehler ausbaden, und das ist nun eben die Strafe für meine Ungeduld. Also nehme ich gottergeben meine Tasse und gehe ins Zimmer, wo der Computer steht.

Auf dem Kalender vor mir sehe ich das Datum, Dienstag, der dreizehnte Januar, Schaltjahr. Ein schlechter Tag, um mit lauwarmem Poleiminztee anzufangen, ein schlechter Tag, um zu schreiben. Trotzdem setze ich mich an den Computer, fahre ihn hoch und warte auf etwas, von dem ich noch nicht weiß, was es ist. Aber ich weiß, dass es kommen wird. Dienstag, der Dreizehnte, Schaltjahr, klar, eine Mumie. Die Mumie, die ich vor Kurzem im Britischen Museum gesehen habe. Heute ist genau der richtige Tag, um über Mumien zu schreiben. In der vergangenen Woche hatte ich oft an sie gedacht. Es war ein Mann gewesen, der 3500 v. Chr. lebte, und das Schild besagte, dass der Körper sich aufgrund der Trockenheit in der Wüste erhalten habe; ich erinnere mich gut daran. Sicher hatte ich die Mumie früher schon bemerkt, aber als ich sie das letzte Mal von den vielen Touristen umringt sah, die sie unaufhörlich fotografierten, da tat sie mir leid. Der Körper lag da, zusammengekauert wie ein Fötus; manche Leute schlafen ja gern so. Das bisschen Fleisch daran sah aus wie gepökeltes Thunfischfleisch, im Mund kaum ein Zahn, das Gesicht ruhelos. Das war der Grund, warum sie mir aufgefallen war, und warum es mich a la tumba platos y boles de barro acabados en forma de sierra. Estoy segura que pensaría que en el Más Allá habría comida abundante, mucha más de la que había llegado a probar en aquel desierto. Me enternecí pensando en la ingenuidad de la momia o simplemente me enternecí porque, la última vez que fui a Londres, era justo antes del año nuevo y son fechas en que todos estamos más sensibles; quizá por esa manía de hacer balance. No lo sé.

Ahora que la recuerdo ahí encogida en una urna, viendo a cientos de personas pasar, tratando de esconder su muerte y con miedo a los siglos de exposición que le restan, creo que la momia merece una oración por su alma y casi sin pensarlo, y antes de dar título al archivo, rezo un padrenuestro y le pido a Dios que la tenga en su Gloria.

Voy a poner la fecha pero antes miro por la ventana y veo lo de siempre: el patio de las palmeras. Es lo más mío que hay en casa porque yo lo llené de palmeras para recordar el desierto. Y es que el desierto me impresionó, y eso que sólo lo vi una vez, pero me sentí tan perdida como tantas otras veces. Sí, perdida, y sin más referencia que las estrellas del cielo que, si bien son capaces de orientar a los sabios, a mí sólo me sirven como decoración. Probablemente en un lugar como éste, descansó durante siglos mi pobre momia y quizá sintiera el desamparo tanto como yo. Pienso si en sus vielleicht schmerzte. Der Grabstätte waren irdene Teller und Gefäße mit Zackenmustern beigelegt. Bestimmt hatte der Mann geglaubt, im Jenseits gäbe es reichlich zu essen, viel mehr, als er in jener Wüste jemals hatte bekommen können. Das Kindliche an der Mumie rührte mich. Vielleicht ging mir die Sache aber auch nur deshalb zu Herzen, weil ich das letzte Mal kurz vor Silvester in London war, und an solchen Tagen sind wir ja alle ein bisschen sentimental. Vielleicht wegen der fixen Idee, Bilanz ziehen zu wollen. Ich weiß es nicht.

Jetzt, wo ich an die Mumie denke, wie sie dort zusammengeschrumpft in ihrer Vitrine liegt und Hunderte von Menschen vorübergehen sieht, wie sie versucht, ihren Tod zu kaschieren, und Angst hat vor den noch vor ihr liegenden Jahrhunderten, in denen sie zur Schau gestellt wird, finde ich, dass die Mumie ein Gebet verdient hat. Und noch ehe ich die Seite im Computer abspeichere, bete ich, ohne weiter darüber nachzudenken, ein Vaterunser und bitte Gott, ihrer Seele gnädig zu sein.

Bevor ich das Datum schreibe, schaue ich wie immer noch einmal durchs Fenster hinaus in den Patio mit den Palmen. Er ist mein Ein und Alles, ich habe dort in Erinnerung an die Wüste Palmen gepflanzt. Denn die Wüste hat mich beeindruckt, obwohl ich sie nur einmal gesehen habe und mich in ihr verloren fühlte wie so oft schon. Ja, verloren, mit nur den Sternen als Anhaltspunkten, und mögen diese auch den Weisen zur Orientierung dienen, für mich sind sie nichts weiter als Dekoration am Himmel. Vermutlich lag meine arme Mumie über Jahrhunderte an einem solchen Ort, und vielleicht fühlte sie sich ebenso hilflos wie ich. Ich tiempos existirían las falúas que transportan al viajero a épocas lejanas; falúas como aquella en que abandonaron a Moisés o en la que quizá llevaron a mi momia.

Pero, en fin, en Madrid es invierno y el desierto, el calor y los recuerdos son lejanos aunque ahora se mezclen con la momia del Museo Británico. Y mientras distingo sobre las palmeras el cielo plomizo de un martes trece, creo oír un llanto. Comienzo a escribir sin prestarle atención pero cada vez es más intenso. Por un instante creo que es una gata en celo pero, de pronto, me doy cuenta que las gatas sólo están en celo de noche y, entonces, pienso que el pobre Moisés vuelve en su cestillo de mimbre. Pero es improbable porque la única agua que corre es la del riego automático, que sigue saliendo aunque sea enero.

El llanto sigue y yo sigo escuchando, estoy sola en casa y no me quiero levantar del ordenador.

El llanto sigue y no es Moisés, y no es una gata en celo. Es impertinente, pertinaz, extemporáneo, molesto. Pero sigue. No puedo hacerme la loca, tengo que levantarme a pesar del frío y a pesar de estar sola en casa. Y cuando ya no lo resisto, me levanto y busco la llave del patio, abro la puerta blanca y el llanto surge más fuerte. Miro al suelo, entre las palmeras, viene de ahí.

frage mich, ob es zu ihrer Zeit Feluken gegeben hat, die Reisende in ferne Zeiten beförderten. Ein Boot wie das, in dem Moses ausgesetzt wurde, in dem vielleicht auch meine Mumie transportiert worden war.

Doch wir sind in Madrid, und in Madrid ist Winter, und die Wüste, die Hitze und die Erinnerungen daran sind weit weg, auch wenn sie sich jetzt mit den Bildern der Mumie im Britischen Museum vermischen. Und während ich über den Palmen den bleischweren Himmel eines Dienstags, des Dreizehnten, sehe, glaube ich, ein Weinen zu vernehmen. Ich achte nicht darauf und beginne zu schreiben, aber das Weinen wird immer lauter. Zuerst glaube ich, dass es eine rollige Katze ist, doch sofort fällt mir ein, dass Katzen nur nachts rollig sind. Dann glaube ich, dass der arme Moses in seinem Weidenkörbchen zurückgekommen ist. Aber das ist höchst unwahrscheinlich, denn das einzige Wasser, das fließt, ist das der automatischen Bewässerungsanlage. Sie läuft ständig, obwohl Januar ist.

Das Weinen hört nicht auf, ich höre es ununterbrochen. Ich bin allein im Haus, und ich will nicht vom Computer aufstehen.

Das Weinen hört nicht auf, und es ist nicht Moses, es ist auch keine rollige Katze. Es ist aufdringlich, hartnäckig, störend, und es ärgert mich. Aber es hört nicht auf. Ich kann mich nicht mehr einfach taub stellen, ich muss aufstehen, trotz der Kälte und obwohl ich allein im Haus bin. Als ich es nicht mehr aushalte, geh ich und hole den Schlüssel für den Patio. Ich öffne die weiße Tür, und das Weinen wird lauter. Ich schaue auf den Boden zwischen den Palmen, es kommt von dort.

Horrorizada descubro que está el hombre, sí, el de los 3500 años antes de Cristo igual de bajito, en posición fetal, pero con toda su carne, con casi todos sus dientes, con un pelo fuerte y ojos de susto. Y me acerco a preguntarle por qué viene a mi patio, por qué en enero, en martes y trece, en año bisiesto, cuando estoy sola en casa y justo cuando miro a mis palmeras. Y veo que me saluda en un perfecto inglés. Al comprobar que su acento es claramente oxoniense le pregunto, en el mejor inglés que puedo, qué hace en mi patio.

Me dice que está ahí porque es la primera vez que alguien reza por su alma. Hasta ahora sólo han mirado su carne escueta, sus dientes alternos y si pueden o no ver sus vergüenzas. Los niños le apuntan, las americanas rubias le sacan fotos y siempre le rodean como mosquitos que vienen a la luz. Y es que le hubiera gustado tener una tumba con lápida y todo, donde alguien colocara unas amapolas rojas y rezara. Pero sólo tiene una urna y nadie reza por él.

– Pero oiga – le digo – después de 5500 años no pretenderá tener conocidos que se acuerden de usted. Y además, debería estar usted ya más que situado: en el cielo, en el infierno o, mire, qué quiere que le diga, casi en el limbo.

Y precisamente y, sin pretenderlo, resulta que doy en el clavo. Me dice que como nació 3500

Ein Schreck durchfährt mich, als ich den Mann entdecke. Ja, genau den, den von 3500 vor Christus, genauso klein, in derselben fötalen Stellung, nur dass er jetzt rundherum Muskeln hat, dazu fast alle Zähne, kräftiges Haar und Augen, aus denen Entsetzen spricht. Ich gehe zu ihm hin, will wissen, warum er in meinen Patio gekommen ist, warum im Januar, an einem Dienstag, dem Dreizehnten, in einem Schaltjahr, gerade wenn ich allein zu Hause bin und meine Palmen betrachte. Er grüßt in fehlerfreiem Englisch. Als ich seinen eindeutigen Oxford-Akzent höre, frage ich ihn in meinem besten Englisch, was er in meinem Patio zu schaffen habe.

Er sei hier, antwortet er, weil zum ersten Mal jemand für seine Seele gebetet habe. Bisher hätten die Leute immer nur seinen nackten, vertrockneten Körper angestarrt, sein Gebiss mit den Zahnlücken und seine Scham, sofern man sie überhaupt noch sehen könne. Die Kinder würden mit Fingern auf ihn zeigen, die blonden Amerikanerinnen Fotos von ihm machen, und immer umkreisten sie ihn wie die Fliegen das Licht. Und dabei hätte er doch so gern ein Grab mit einem Grabstein dazu, auf das jemand roten Klatschmohn pflanzen und beten würde. Er habe nur eine Glasvitrine, und niemand bete für ihn.

«Aber hören Sie», sage ich, «nach 5500 Jahren werden Sie doch nicht behaupten wollen, dass Sie noch Bekannte haben, die sich Ihrer erinnern. Und außerdem dürften Sie doch schon längst irgendwo Ihren Platz gefunden haben, im Himmel oder in der Hölle oder – wie soll ich es nennen? – in der Vorhölle sozusagen.»

Unbewusst habe ich ins Schwarze getroffen. 3500 vor Christus sei er geboren und mumifiziert in der Wüste años antes de Cristo y se quedó momificado en el desierto que nadie se acordó de él, que aún nadie ha ubicado su alma en ningún sitio y que está harto de museo. Que ya ha aprendido inglés, que conoce de memoria las miniaturas del Partenón y que ha leído casi todos los libros que hay en la biblioteca semicircular del Museo Británico. Que, por cierto – sonríe – el que más le ha gustado es *Harry Potter*.

Le voy a contestar que ya le pega, que siendo una momia con acento oxoniense que, claro, que es normal que le guste. Pero no le digo nada porque, de repente, pienso que lo importante es que su alma vaga por ahí, que él no tiene paz y que no es cosa de frivolizar.

Pero le informo de que el Señor vino hace más de 2000 años y que, desde entonces, podemos ir al cielo por lo que seguro que existe alguna disposición transitoria que le libere del limbo idiota de la urna de cristal.

Pero me contesta que con él hubo un error, que a veces pasa, que a él le pasó. Que preparó sus cacharritos con dientes de sierra y que tan sólo llegó al Museo Británico. Que parece que en su caso el buen Dios delegó en alguien que seguro que era bueno, pero que demostró ser ineficiente.

– Me hago cargo – le digo por decir algo.

Muy británicamente me da las gracias por hacerme cargo y por haber sido la primera liegengeblieben, erzählt er, und es gebe niemanden, der sich seiner erinnere. Niemand habe seiner Seele auch nur irgendwo einen Platz zugewiesen, und das Museum hänge ihm zum Hals heraus. Er spreche inzwischen Englisch, kenne die Figuren des Parthenon in- und auswendig und habe fast alle Bücher gelesen, die in dem halbrunden Bibliothekssaal des Britischen Museums stünden. Übrigens – er lächelt –, Harry Potter habe ihm am besten gefallen.

Schon will ich sagen, dass das ja auch passe; schließlich sei er eine Mumie, die *Oxford English* spreche, logisch also, dass ihm dieses Buch gefiele. Aber dann sage ich doch nichts, denn plötzlich wird mir bewusst, worum es eigentlich geht, nämlich darum, dass seine Seele hier herumirrt und er keinen Frieden findet. Das darf man nicht so einfach auf die leichte Schulter nehmen.

Also erkläre ich ihm, dass Gott vor mehr als 2000 Jahren auf der Erde erschienen sei und wir seither in den Himmel kommen könnten, weshalb es sicher irgendeine Übergangsregelung gebe, die ihn aus der dummen Vorhölle von Glasvitrine befreite.

Er aber meint, dass bei ihm etwas falsch gelaufen sei. Das komme manchmal vor, und bei ihm sei es eben passiert. Er habe seine Gefäße mit dem Zickzackmuster versehen, und nur so sei er ins Britische Museum gelangt. Zwar scheint der liebe Gott in seinem Fall jemanden beauftragt zu haben, jemanden, der sicher auch nett und freundlich war, der sich aber letztendlich als unfähig erwiesen habe.

«Ich verstehe», sage ich, nur um irgendetwas zu sagen.

Formvollendet, *very British,* bedankt er sich dafür, dass ich ihn verstehe und dass ich die Erste war, die en rezar por él y me dice que eso le ha hecho revivir.

Y yo le digo que no quiero que reviva, que tan sólo rezaba por su alma porque me daba pena que muriese desprotegido y en posición fetal.

Y él vuelve con que quiere una tumba donde alguien rece por él y donde alguien coloque amapolas como las que llevan los ingleses en la solapa cuando conmemoran Dunquerque.

Me admira su cultura pero me dice que son años de Museo Británico, y le comprendo, es una convivencia estrecha y todo lo inglés se pega mucho aunque seas una momia.

Y él insiste en lo de la tumba.

Y yo, en que tan sólo estaba escribiendo. Y cada vez entiendo menos por qué aparece una momia en mi patio de las palmeras y encima me pide sepultura.

Me rebelo; yo sólo estaba rezando por su alma.

Y eso es lo que él quiere que recen por sus pecados, que me dice que no son tan primitivos como él, que pecados tiene.

Y yo trato de convencer a la momia para que vuelva a su estado de mojama y me deje en paz.

Trato de ser persuasiva y le prometo rezar por ella todas las noches y mucho, oiga, rezaré mucho. Ya verá cómo le dan un destino, seguro, pero ahora vuelva usted a für ihn gebetet hat. Das habe ihn zu neuem Leben erweckt.

Woraufhin ich einwende, dass ich gar nicht möchte, dass er wiederaufersteht. Dass ich nur für seine Seele gebetet hätte, weil es mir leidgetan habe, dass er so ohne Schutz und in Fötalstellung gestorben sei.

Da fängt er wieder davon an, dass er ein Grab möchte, an dem jemand für ihn betet und Klatschmohn pflanzt, Klatschmohn wie ihn die Engländer am Revers tragen, wenn sie Dünkirchen gedenken.

Ich bewundere seine Bildung, aber er meint, das machten die Jahre im Britischen Museum. Verständlich, man lebt dort nun einmal eng aufeinander, und alles Englische bleibt haften, selbst wenn man eine Mumie ist.

Er besteht auf der Sache mit dem Grab.

Und ich beharre darauf, dass ich doch nur am Schreiben war. Ich begreife einfach nicht, wieso eine Mumie zwischen den Palmen meines Patios auftaucht und mich obendrein um ein Grab bittet.

Ich hätte nur für seine Seele gebetet, protestiere ich.

Aber genau das sei es ja, was er wolle. Dass jemand für seine Sünden bete, jemand, der aus nicht so grauer Vorzeit stamme wie er mit all seinen Sünden.

Ich will die Mumie umstimmen, sage ihr, sie solle sich wieder in den Zustand von gepökeltem Thunfisch zurückverwandeln und mich in Frieden lassen.

Ich versuche, überzeugend zu sein. Ich verspreche ihr, jede Nacht für sie zu beten. Hören Sie, ich werde viel beten. Wirklich viel. Sie werden sehen, man wird Ihnen Ihren Platz zuweisen. Ganz sicher. Aber jetzt kehren Sie su vida de siempre que mis oraciones serán escuchadas.

Me contesta que quiere una tumba y que a eso ha venido.

– Bueno – le digo horrorizada con que se quede en mi patio – le haré una tumba, ¿pero dónde?

– Pues aquí.

– Pues mire, no, éste es mi patio de las palmeras y me gusta verlo mientras escribo y, además, yo las he plantado y, para que se haga una idea, les pongo riego todo el año, no sea que se mueran.

– Pues tiene que ser aquí, tú has rezado por mi alma y yo me quedo aquí.

Esto me pasa por rezar por una momia.

No le contesto y vuelvo a entrar en mi cuarto del ordenador por la puerta blanca, cierro con llave y echo el pestillo. Comienza el llanto, un llanto con acento oxoniense. Mira que venir a pedirme que le dé sepultura en mi patio. Quién me manda a mí rezar. El llanto continúa.

Cojo el inalámbrico y llamo a mi madre. El llanto sube de tono y ella me pregunta que si tengo un gato en casa. El volumen sube.

– Voy a ver lo que es, mamá – digo desesperada.

Cuelgo, voy al baño, oigo el llanto.

zurück zu Ihrem bisherigen Leben, damit meine Gebete erhört werden.

Die Mumie sagt wieder, dass sie ein Grab möchte, deshalb sei sie gekommen.

« Also gut », erwidere ich. Bei der Vorstellung, sie könne in meinem Patio sitzen bleiben, schaudert es mich. « Ich grabe Ihnen ein Grab. Wo ? »

« Hier. »

« Nein, hören Sie, das geht nicht ! Das ist mein Patio mit meinen Palmen, und wenn ich schreibe, schaue ich gern dorthin. Ich habe sie selbst gepflanzt, und damit Sie sich einen Begriff davon machen, was das bedeutet : Ich lasse das ganze Jahr über die Bewässerungsanlage laufen, damit die Bäume nicht eingehen. »

« Aber hier muss es sein. Du hast für meine Seele gebetet, und ich bleibe hier. »

Das hat man nun davon, wenn man für eine Mumie betet.

Ich antworte nicht mehr, sondern gehe zurück in mein Zimmer mit dem Computer. Ich verschließe die weiße Tür hinter mir, drehe den Schlüssel um und lege den Riegel vor. Und schon geht das Weinen los, ein Weinen mit oxford-englischem Akzent. Kommt einfach hierher und will von mir ein Begräbnis in meinem Patio ! Wieso habe ich überhaupt gebetet ! Das Weinen hört nicht auf.

Ich nehme das Telefon und rufe meine Mutter an. Das Weinen wird lauter, und sie fragt mich, ob ich eine Katze im Haus hätte. Das Weinen schwillt an.

« Ich werde nachschauen, was das ist, Mama », sage ich verzweifelt.

Ich lege auf, gehe ins Bad, ich höre das Weinen. Ich

Abro el frigorífico, oigo el llanto. Pico unas patatas a la vinagreta. Oigo el llanto. Cierro las persianas que dan al patio de las palmeras y oigo el llanto. Pongo las noticias en la tele. Oigo el llanto. Pongo a Hombres G. Oigo el llanto. Canto con ellos a toda pastilla. Oigo el llanto. Grito. Oigo el llanto … claudico.

Quito las noticias, bajo el CD, abro las persianas, abro la puerta blanca y dejo de oír el llanto.

– De acuerdo – le digo – será en el patio de las palmeras. No sé por qué lo hago, pero vale.

Espero que le den destino cuanto antes y que el destino sea bueno.

– Rece, rece usted por ello.

– Bueno, eso de rezar me lo pensaré.

La momia vuelve a la posición fetal, la carne vuelve a ser mojama y el cráneo aparece sin pelo. Tan sólo ha cambiado la expresión de la cara que ahora es de absoluta paz.

Voy al garaje a por una azada y cavo entre las palmeras intentando hacer un hoyo lo bastante profundo. Después meto su cuerpo de niño en el agujero y lo tapo bien con tierra. Es la primera vez que entierro a alguien.

Cojo el abrigo negro y un bufandón porque tengo, de repente, mucho frío. Pongo la alarma y llego hasta el coche. Aparco en el vivero y compro tres plantas: son amapolas rojas. Vuelmache den Kühlschrank auf und höre das Weinen. Ich esse ein paar Pellkartoffeln in Vinaigrette, ich höre das Weinen. Ich schließe die Jalousien, die zum Patio gehen, und höre das Weinen. Ich mache die Nachrichten im Fernsehen an und höre das Weinen. Ich lege Hombres G.[1] auf, ich höre das Weinen. Ich singe aus vollem Hals mit und höre das Weinen. Ich schreie. Ich höre das Weinen – ich gebe auf.

Ich schalte die Nachrichten aus, drehe die Musik leiser, öffne die Jalousien, öffne die weiße Tür und höre das Weinen nicht mehr.

« Einverstanden », sage ich. « Im Patio unter den Palmen. Ich weiß nicht, warum ich das mache, aber gut, ich mach's. »

Ich hoffe, dass man ihm so schnell wie möglich einen Platz zuteilt und dass es dort gut sein wird.

« Beten Sie, beten Sie darum. »

« Na, das mit dem Beten werde ich mir überlegen. »

Die Mumie krümmt sich zurück in ihre fötale Stellung, ihr Fleisch verwandelt sich in gepökelten Thunfisch, der Schädel wird kahl. Nur der Ausdruck des Gesichts ist ein anderer geworden, es strahlt jetzt vollkommene Ruhe aus.

Ich gehe in die Garage und hole einen Spaten, um unter den Palmen ein Loch zu graben. Ein sehr tiefes Loch. Dort hinein bette ich den Kinderkörper und bedecke ihn fest mit Erde. Es ist das erste Mal, dass ich jemanden begrabe.

Ich hole meinen schwarzen Mantel und lege mir einen großen Schal um, denn mit einem Mal ist mir sehr kalt geworden. Ich stelle die Alarmanlage ein und gehe zum Auto. Vor der Gärtnerei parke ich und kaufe drei Töpfe vo a casa muerta de frío y cavo para plantar las amapolas.

– ¡Vaya, no le he preguntado su nombre y dijo que quería lápida!

Cojo la tapa de una caja de vino. Escribo con un rotulador gordo que hay en la mesa del ordenador: «A la momia desconocida»; así, como si estuviéramos rememorando Dunquerque. Queda bien.

Vuelvo al garaje para buscar un palo, un clavo y un martillo. Ya está. Pincho la lápida entre las amapolas, arranco una y me la pongo en la solapa del abrigo negro.

Ahora tendría que rezar, pero sólo puedo cantar *God Save the Queen*. Vuelvo a mi ordenador, estoy llena de espíritu patriótico pero mi patio de las palmeras es ahora el de las amapolas.

mit rotem Klatschmohn. Schon halb tot vor Kälte fahre ich nach Hause zurück, grabe wieder und setze den Mohn.

«Ach, jetzt habe ich ihn nicht nach seinem Namen gefragt, und er wollte doch einen Grabstein.»

Ich nehme den Deckel einer Weinkiste, und mit einem dicken Filzstift, der auf dem Computertisch lag, schreibe ich darauf: «Der unbekannten Mumie», als ob wir Dünkirchen gedächten. Es sieht gut aus.

Ich gehe noch einmal in die Garage, um einen Stock, einen Nagel und einen Hammer zu holen. Dann ist auch das erledigt. Die Gedenktafel ramme ich zwischen den Mohnblumen in den Boden, pflücke eine Blüte und hefte sie mir an den Kragen meines schwarzen Mantels.

Jetzt sollte ich beten, aber ich kann nur ›God Save the Queen‹ singen. Von patriotischen Gefühlen beseelt, gehe ich zurück an meinen Computer, mein Palmenhof allerdings ist jetzt ein Klatschmohngarten.

1 *Hombres G.*: Spanische Rockgruppe

BELLA ESPÍA

Desde niño quise ligar con una espía en un tren.

Y cada mañana, reconozco a tres o cuatro en mi vagón. Aunque van camufladas, percibo la pistola bajo sus pantys o veo cómo entregan un mensaje a otro pasajero con bigote falso. Entonces, me insinúo con un beso al viento o con un guiño sensual. Sin embargo, ellas siempre me ignoran.

Este martes fue distinto. Me senté junto a la más bella de todas las espías. Además de bella era perspicaz y captó mis intenciones al primer beso. Para mi sorpresa respondió rozándome la rodilla y yo, feliz, puse la mano sobre su muslo. Inexplicablemente, sacó la pistola y me dio un culatazo en la nuca. Después, se levantó ofendida profiriendo insultos en una lengua extraña.

Me quedé mareado y compungido, pero comprendí que las espías nunca fueron facilonas y que los deseos más profundos son imposibles de cumplir.

SCHÖNE SPIONIN

Schon als Junge wollte ich immer mal was mit einer Spionin in einem Zug haben.

Jeden Morgen entdecke ich drei oder vier in meinem Waggon. Sie tarnen sich, aber ich bemerke doch die Pistole in ihren Strumpfhosen. Oder ich beobachte, wie sie eine Nachricht an einen anderen Fahrgast mit falschem Bart übergeben. Dann spitze ich die Lippen zu einem Kuss oder zwinkere ihnen zu. Aber sie beachten mich nie.

Am heutigen Dienstag war es anders. Ich setzte mich neben die schönste aller Spioninnen. Und sie war nicht nur schön, sie war auch gescheit; sie verstand beim ersten Kuss, was ich wollte. Zu meiner Überraschung ging sie darauf ein, indem sie sacht mein Knie berührte, woraufhin ich, überglücklich, meine Hand auf ihren Oberschenkel legte. Aber da zog sie unbegreiflicherweise ihre Pistole, versetzte mir mit dem Knauf einen Schlag ins Genick, sprang beleidigt auf und beschimpfte mich in einer fremden Sprache.

Mir wurde speiübel, und ich fühlte mich todunglücklich, aber ich habe begriffen, dass Spioninnen nicht so leicht zu kriegen sind und dass die größten Wünsche unmöglich in Erfüllung gehen.

Me encaminé hacia la estación en cuanto supe que Mercedes se había retirado a la « Ciudad de la Memoria ». La ciudad donde van los que no tienen nada más que perder que eso, la memoria.

Llevaba buscándola sin éxito desde que me enteré por la prensa que el escritor con el que vivía se había suicidado justo antes de ver su novela publicada. La leí morbosamente y reconocí a Mercedes en la protagonista menuda y pelirroja. Me identifiqué con el hombre maduro del que estaba enamorada dejando el papel de amante descorazonado para el escritor que, al fin y al cabo, estaba muerto. La sola idea de que me podía seguir queriendo me obsesionaba tanto que no había descansado hasta saber su paradero.

Ayer lo supe, y, sin despedirme de nadie, cogí el tren con destino a la « Ciudad de la Memoria ». Un tren con asientos de madera en el que tan sólo viaja un maquinista anciano y un revisor tuerto con bigote blanco, que me entregó un plano y una guía.

Al amanecer hemos alcanzado nuestro destino. He dejado atrás la estación y me encuentro en una gran avenida.

Según dice el libro, la ciudad está dividida

DIE STADT DER ERINNERUNG

Ich machte mich auf den Weg zum Bahnhof, sowie ich erfuhr, dass Mercedes sich in die « Stadt der Erinnerung » zurückgezogen hatte. In die Stadt, wohin diejenigen gehen, die nichts mehr zu verlieren haben als eben die Erinnerung.

Seit ich in der Zeitung gelesen hatte, dass der Schriftsteller, mit dem sie zusammenlebte, sich kurz vor der Veröffentlichung seines Romans umgebracht hatte, war ich auf der Suche nach ihr, aber vergeblich. Ich las das Buch, es machte mich krank. In der zierlichen rothaarigen Heldin erkannte ich Mercedes. Mich sah ich in der Figur des reifen Mannes, in den sie verliebt war, und überließ die Rolle des Verehrers, dem es das Herz brach, dem Schriftsteller, der letztendlich ja auch gestorben war. Allein die Vorstellung, dass sie mich vielleicht noch immer liebte, beherrschte mich so sehr, dass ich nicht müde wurde, herauszufinden, wo sie sich aufhielt.

Gestern nun hatte ich es erfahren, und ohne mich von irgendjemandem zu verabschieden, nahm ich den Zug in die « Stadt der Erinnerung ». Ein Zug mit Holzsitzen, in dem lediglich ein alter Lokführer mitfuhr und ein einäugiger Schaffner mit weißem Schnauzbart, der mir einen Stadtplan und einen Reiseführer aushändigte.

Am frühen Morgen erreichten wir unser Ziel. Ich habe den Bahnhof verlassen und befinde mich auf einem großen Boulevard.

Im Buch steht, dass die Stadt der Länge nach von einer

longitudinalmente por una arteria principal: al este luce el sol tórrido del trópico; al oeste está nublado y llueve despacio mojando rotundamente al paseante que se atreve a llegar a este sector. La guía señala sobre lo peligroso que puede ser adentrarse en el oeste. Avisa también, de los espejismos que en ocasiones tiene el viajero que se resiste a olvidar. Pero no tengo miedo, sólo necesito saber si Mercedes me quiere.

Comienzo por visitar el este donde grandes avenidas con bulevar dejan ver tiendas lujosas, quioscos repletos de margaritas, rosas y ramos de primavera. Mi sensación es de placidez, no puedo estar lejos de Mercedes.

En la primera avenida y a la derecha, hay una tienda con olor a puré de verduras y ruido de tenedor que choca con el plato para batir el huevo. Los espejos muestran mi rostro cuando daba mis primeros pasos y el de mi hermana Cristina adornado por dos chapetes, tan rojos con los lazos de sus trenzas. Sale una dependienta, es la abuela María pero no me reconoce.

Se vende el hule de flores de la mesa de la cocina, la cuchara doblada que ponía mi nombre, el libro de cuentos de Perrault cuyos dibujos calcaba con papel de seda. La abuela María sigue sin reconocerme y ahora me enseña el flotador de pato con el que me bañé por primera vez en el Cantábrico y unos discos de 45 de Peter Pan y Barbaroja.

Hauptverkehrsader durchschnitten wird: Im Osten scheint die brennendheiße Sonne der Tropen. Im Westen ist es bewölkt, und es regnet unablässig. Wer immer sich auf diese Seite wagt, wird nass bis auf die Knochen. Der Reiseführer verweist darauf, dass es gefährlich sein kann, sich in westliche Richtung zu begeben. Er warnt auch den Reisenden, der sich gegen das Vergessen sperrt, vor möglichen Halluzinationen. Aber ich habe keine Angst, ich muss einfach nur wissen, ob Mercedes mich liebt.

Ich beginne meinen Rundgang im Osten, finde große Boulevards mit luxuriösen Geschäften und Blumenständen voller Margeriten, Rosen und Frühlingsblumen. Ich fühle mich ruhig, Mercedes kann nicht weit sein.

In der ersten Straße rechts duftet es aus einem Geschäft nach Babybrei, und ich höre das Klappern einer Gabel, mit der Eier in einer Schüssel verquirlt werden. Spiegel zeigen mein Gesicht, als ich gerade meine ersten Schritte machte, und das meiner Schwester Cristina mit roten Bäckchen und Zopfschleifen. Eine Verkäuferin kommt herbei; es ist Oma María, aber sie erkennt mich nicht.

Sie bietet das geblümte Wachstuch vom Küchentisch an, dazu den gebogenen Kinderlöffel mit meinem Namen darauf und das Buch mit den Märchen von Perrault; die Bilder darin habe ich oft auf Seidenpapier abgepaust. Noch immer erkennt Oma María mich nicht. Jetzt zeigt sie mir den Schwimmring mit der Ente, mit dem ich zum ersten Mal im Golf von Biskaya geschwommen bin, und ein paar 45er-Schallplatten von Peter Pan und Käpt'n Rotbart.

Meto la mano en el bolsillo, saco todo mi dinero, es mucho pero ella me dice que no llevo bastante ni siquiera para comprar el papel de seda. Entonces empiezo a olvidar todo: a mi abuela, el baño en el mar y la cuchara. Trato de recordar y ya no puedo.

Sigo caminando y, a través de un escaparate, aparece la señorita Enriqueta igual de gorda que cuando estaba en tercero. También tiene voz metálica y tampoco me reconoce. Vende un baby de rayas, un cuaderno de dibujos, un marco hecho con lentejas que pone «papá, te quiero» y el traje con el que hice la Comunión.

Más adelante, se vende el disco rojo de los Beatles, una pulsera de cuero, un póster del Madrid con Amancio y todo, una máquina eléctrica de afeitar. Me miro al espejo y veo a Mercedes, delgada, con una camiseta de rugby besándome en la boca. Cuando saco el dinero sale el mismísimo Pirri y no me reconoce, porque yo siempre le vi desde la grada o desde la tele. Me dice que no tengo bastante dinero. Yo saco la visa oro pero él insiste. Entonces salgo y me doy cuenta de que ya no recuerdo ni aquella alineación del Madrid.

En el siguiente puesto están mi primera nómina y un menú de nuestra boda, el álbum de mi viaje a Chile con Mercedes y una foto de mi padre. Y don Francisco – el cura que nos

Ich krame in meiner Tasche und hole mein ganzes Geld heraus. Es ist ziemlich viel, aber sie sagt, das sei nicht genug, nicht einmal, um das Seidenpapier zu kaufen. Da vergesse ich alles, meine Großmutter, das Schwimmen im Meer und den Löffel. Ich versuche, mich zu erinnern, aber es gelingt mir nicht mehr.

Ich gehe weiter. Hinter einer Schaufensterscheibe taucht Fräulein Enriqueta auf. Sie ist genauso dick wie damals, als ich in die dritte Klasse ging. Ihre Stimme klingt noch immer metallen, und auch sie erkennt mich nicht. Sie verkauft einen gestreiften Schulkittel, ein Schreibheft mit Zeichnungen, einen aus Linsen gebastelten Bilderrahmen, in dem «Papa, ich liebe Dich» steht, und den Anzug, in dem ich zur Erstkommunion ging.

Ein wenig weiter liegen die rote Schallplatte der Beatles in der Auslage, ein Lederarmband, ein Poster von Real Madrid, auf dem sogar Amancio[1] drauf ist, und ein elektrischer Rasierapparat. Ich betrachte mich im Spiegel und sehe Mercedes. Sie ist schlank, trägt ein Rugbyhemd und küsst mich auf den Mund. Als ich mein Geld hervorhole, kommt doch tatsächlich der echte Pirri[2] zum Vorschein. Er erkennt mich nicht, ich habe ihn ja auch immer nur von der Tribüne aus gesehen oder im Fernsehen. Er sagt, mein Geld reiche nicht, und obwohl ich ihm meine goldene Visakarte hinhalte, bleibt er dabei. Also gehe ich wieder und merke, dass ich mich schon nicht mehr an die damalige Elf von Real Madrid erinnere.

Im nächsten Geschäft sehe ich meine erste Gehaltsabrechnung und eine Speisekarte von unserer Hochzeit, das Fotoalbum von meiner Reise mit Mercedes nach Chile und ein Foto meines Vaters. Don Francisco, der casó para el cual también soy un desconocido – me los vende pero, aunque saco el talonario, me dice que no tengo bastante dinero. Sigo caminando mientras olvido.

Veo un escaparate en el que está mi seiscientos. Sí, es el mío; tiene los asientos de cuero rojo y se ve la goma-espuma. Me quedo mirándolo embobado. Dentro del coche reconozco la imagen de Mercedes. Lleva un vestido de flores y me besa.

Alguien para junto a mí, lleva el mismo vestido. Es Mercedes hace veinte años con el pelo atado en una coleta y con un capazo de paja. Cuando la miro echa a andar, la llamo pero sigue más deprisa; no sé si me reconoce. La persigo desesperado, aprieta el paso. Cruza la avenida hacia el oeste, dudo pero la sigo. A pesar de las advertencias de la guía, no tengo miedo. Noto el traje calado por el relente de la caída de la tarde y es que en el oeste siempre anochece. Un vagabundo, que huele a sudor y orín, se acerca y trata de venderme mi primer suspenso. Una sintecho vestida de hombre, con el pelo rapado y cara de payaso, trata de regalarme las acciones de una empresa farmacéutica que compré a mi primo Pedro cuando estaba arruinado. Me persigue y yo corro y corro siguiendo el traje de flores de Mercedes que acelera mojándose. Quiero seguirla pero unos

Pfarrer, der uns getraut hat, für den ich aber ebenfalls ein Unbekannter bin, will mir die Sachen verkaufen. Doch obwohl ich sogar mein Scheckheft zücke, erklärt er, dass ich nicht genügend Geld hätte. Während ich weitergehe, vergesse ich alles.

In einem Schaufenster entdecke ich meinen Fiat 600. Ja, es ist wirklich mein Auto! Da sind die roten Ledersitze, und man sieht schon den Schaumstoff. Fasziniert halte ich inne und starre ihn an. Im Auto erkenne ich Mercedes. Sie trägt ein Blümchenkleid und küsst mich.

Jemand bleibt neben mir stehen, die Person trägt dasselbe Kleid. Es ist Mercedes vor zwanzig Jahren, mit Pferdeschwanz und einer Basttasche. Als ich sie weggehen sehe, rufe ich, aber da läuft sie rascher. Ich weiß nicht, ob sie mich erkannt hat. Voller Verzweiflung renne ich hinter ihr her, sie beschleunigt ihren Schritt und überquert die Straße in westlicher Richtung. Ich bin unschlüssig, doch dann folge ich ihr. Angst habe ich keine, trotz der Warnungen im Reiseführer. Im Westen bricht die Nacht herein, und ich spüre die Feuchtigkeit des beginnenden Abends durch meine Kleidung dringen. Ein Penner kommt mir entgegen, er stinkt nach Schweiß und Urin und versucht, mir meine erste nicht bestandene Prüfung zu verschachern. Eine obdachlose Frau in Männerkleidern mit kahl geschorenem Kopf und Clownsgesicht will mir die Aktien eines pharmazeutischen Unternehmens schenken, die ich meinem Vetter Pedro abgekauft habe, als er Bankrott gemacht hatte. Sie verfolgt mich, aber ich laufe und laufe, immer dem Blümchenkleid von Mercedes hinterher. Diese schreitet noch schneller aus, sie ist schon ganz nass. Ich möchte ihr weiter folgen, aber botones solícitos, uniformados de azul con apliques dorados me persiguen y, llamándome señor, no dejan de ofrecerme cosas por las que no me intereso. Son la cama del hotel donde veía a mi amante y el abrigo de paño negro que llevaba Mercedes cuando no la recibí. Doblo la esquina y me persigue uno con un talonario, otro me vende un anillo que no recuerdo haber regalado y me muestran rostros de mujeres conocidas a quienes no pongo nombre. A lo lejos veo el traje de flores de Mercedes. Me persiguen. Cada vez venden más barato. Uno bajito me ofrece la maleta con la que se fue Mercedes. Yo corro y corro sin atenderles.

Trato de buscar un taxi que me permita alcanzar a Mercedes. Levanto el brazo. Para un coche fúnebre de los del tiempo de Conan Doyle, con caballos engalanados en negro azabache. Espantado intento correr pero el cochero, que lleva un frac, se baja del pescante y me abre la puerta invitándome a subir. Los botones se acercan mientras el del frac me empuja hacia dentro.

En el coche, dos borrachos juegan a las cartas. Uno rubio y fuerte con aspecto de seguidor del Arsenal, que sostiene un vaso de whisky en la mano, me dice que me siente. Yo sigo parado junto a la da bedrängen mich ein paar übereifrige Hotelpagen in blauer Uniform mit goldenen Litzen. «Señor», rufen sie mir zu und preisen mir unaufhörlich Dinge an, die mich nicht interessieren: Das Hotelbett, auf dem ich meine Geliebte liegen sehe, und den schwarzen Stoffmantel, den Mercedes trug, als ich sie abwies. Ich biege um die Ecke, einer verfolgt mich mit einem Scheckheft, ein anderer bietet mir einen Ring an, von dem ich mich nicht erinnere, ihn je verschenkt zu haben. Sie zeigen mir Gesichter von Frauen, die ich kannte, denen ich aber keine Namen zuordnen kann. Weit hinten sehe ich das Blümchenkleid von Mercedes. Die Dienstboten folgen mir noch immer, und immer billiger wollen sie ihre Sachen an den Mann bringen. Einer, ein kleiner, bietet mir den Koffer an, mit dem Mercedes fortgegangen ist. Ohne sie zu beachten, renne ich unablässig weiter.

Ich versuche ein Taxi aufzutreiben, um Mercedes einzuholen. Ich winke. Ein Leichenwagen hält, eine Kutsche aus der Zeit Sherlock Holmes'; sie wird von pechschwarz geschmückten Pferden gezogen. Ich erschrecke und will davonlaufen, aber der Kutscher, der einen Frack trägt, steigt vom Bock herab, öffnet mir den Schlag und bittet mich einzusteigen. Schon kommen die Hotelpagen näher, da schubst mich der Mann im Frack ins Wageninnere.

Drinnen spielen zwei Betrunkene Karten. Der eine, ein blonder Kräftiger, sieht aus, als ob er Fan des FC Arsenal London sei. Er hält eine Flasche Whisky in der Hand und fordert mich auf, mich zu setzen. Aber ich bleibe neben dem Kutschschlag stehen. Der andere, ein dicker portezuela. Otro gordo y con bigote, muy congestionado y al que le suda la frente, aparta una silla de la mesa y me la señala. Se oyen los cascos de los caballos y los gritos del cochero. Me quiero levantar, les digo que me bajo, que sólo quiero encontrar a Mercedes. Se ríen. Abro la puerta en el momento que el holandés errante da la vuelta a un cabo vestido con un camisón y un gorro de dormir. Al fondo, las orcas acompañan a la galerna. El holandés me mira con los ojos idos de un loco y recita la dedicatoria que incluyó el escritor en su novela que, claro, era para Mercedes. Un golpe de mar me obliga a cerrar la portezuela y vuelvo estar ante los dos jugadores. Les digo que no sé jugar al póker, que es un juego del oeste o de ladrón de guante blanco y que yo sólo juego al mus. Por la pinta de extranjeros que tienen, estoy seguro de que no saben de mus y que me dejarán marchar. Pero veo que se ríen. El seguidor del Arsenal dice que seremos los borrachos que juegan al mus en el cementerio y me informa que nos dirigimos a la Ciudad de los Muertos donde tendremos mucho espacio para jugar. Ahora el gordo dice que el camino es largo y que hay que comenzar la partida. Pienso que me va a salvar que sólo somos tres pero se abre la portezuela y, al fondo, aparece un cementerio enorme lleno de cruces blancas alineadas, como las de los americanos que murieron durante la guerra en Europa. El cochero frena delante de un monumento donde

Kerl mit Schnauzer, hochrot im Gesicht und Schweiß auf der Stirn, rückt einen Stuhl vom Tisch weg und zeigt darauf. Man hört die Hufe der Pferde und die Schreie des Kutschers. Ich möchte wieder aufstehen, sage, dass ich aussteigen will, dass ich nur Mercedes finden möchte. Sie lachen. Ich öffne die Kutschtür in dem Augenblick, als der Fliegende Holländer in Nachthemd und Schlafmütze um ein Kap herumsegelt. Am Horizont begleiten uns Wale im scharfen Atlantik-Nordwind. Der Holländer blickt aus irren Augen, den Augen eines Verrückten, zu mir herüber und zitiert die Widmung, die der Schriftsteller seinem Roman vorangestellt hat. Natürlich galt sie Mercedes. Eine hohe Welle zwingt mich, den Schlag zu schließen, und wieder stehe ich vor den zwei Spielern. Ich könne kein Poker, sage ich ihnen, das würde im Wilden Westen gespielt oder auch von Verbrechern mit weißen Handschuhen. Ich hingegen spielte nur Mus[3]. Da es sich bei den beiden allem Anschein nach um Ausländer handelt, bin ich mir sicher, dass sie nicht Mus spielen können und mich gehen lassen. Aber sie lachen, und der FC-Arsenal-Fan erklärt mir, dass wir die Betrunkenen seien, die Mus auf dem Friedhof spielen werden[4], und jetzt seien wir unterwegs zur Stadt der Toten, wo wir jede Menge Platz zum Spielen hätten. Der Dicke mahnt, dass der Weg weit sei, wir müssten mit der Partie anfangen. Da wir nur zu dritt sind, glaube ich, dass ich noch einmal drum herumkommen würde. Aber da geht der Schlag auf, und draußen liegt ein riesiger Friedhof mit unzähligen weißen Kreuzen in Reih und Glied, wie die für die während des Krieges in Europa gefallenen Amerikaner. Der Kutscher hält vor einem Denkmal, ein arde eternamente una llama y sobre el que descansa una corona de flores. Hay una inscripción en letras de oro: «Al escritor desconocido».

Por el camino que forman dos hileras de cruces blancas se acerca despacio una figura, tiene el pelo alborotado y lleva vaqueros: es el escritor. El cochero le hace subir con una reverencia. El del Arsenal y el gordo le saludan con simpatía, está claro que le conocen. El escritor les palmea la espalda. El del Arsenal me informa que pertenecen a la «Liga de suicidados por ahorcamiento». Yo trato de abrir la portezuela para escapar de los ahorcados pero el coche no para y, además, en el exterior se distingue tan sólo la torre de Juana la Loca que profiere gritos desgarrados desde una saetera. Son gritos de amor y celos como los que yo hubiera hecho llegar a Mercedes una y mil veces en estos últimos años. Voy a cerrar la puerta espantado cuando el gordo me retira, saca la cabeza y agita el brazo gritando: «Dios te guarde, doña Juana».

Viendo que no puedo escapar y que no sé dónde está Mercedes, le digo al escritor que he leído su novela y que comprenda que Mercedes siempre me quiso a mí, que al fin y al cabo la conocí siendo joven y virgen.

El escritor clava en mi cara sus ojos verdes y me dice que nunca escribió ninguna novela y que no conoce a ninguna Merceewiges Licht brennt, ein Blumenkranz liegt darauf, und eine Inschrift verkündet in goldenen Lettern: «Dem unbekannten Schriftsteller».

Auf dem beidseitig von weißen Kreuzen gesäumten Weg nähert sich gemessenen Schrittes eine Person. Ihr Haar ist zerzaust, sie trägt Jeans. Es ist der Schriftsteller. Der Kutscher verneigt sich und lässt ihn zusteigen. Auch der Typ vom FC Arsenal und der Dicke begrüßen ihn freundlich, ganz offensichtlich kennen sie sich, und der Schriftsteller klopft ihnen auf die Schultern. Von dem von Arsenal erfahre ich, dass sie alle drei der «Liga der Selbstmörder durch Erhängen» angehören. Wieder versuche ich den Schlag zu öffnen, um den Erhängten zu entkommen, aber der Wagen hält nicht. Draußen ist auch nichts weiter zu erkennen als der Turm von Johanna der Wahnsinnigen; hinter einer Schießscharte stößt sie grauenhafte Schreie aus. Schreie der Liebe, Schreie der Eifersucht, wie ich sie in diesen letzten Jahren Mercedes tausendundeinmal hatte zurufen wollen. Mich schaudert, ich will die Tür schließen. Doch da zieht mich der Dicke zurück, streckt seinerseits den Kopf hinaus, winkt und schreit: «Möge Gott dich beschützen, Doña Juana.»

Da ich nicht fliehen kann und auch nicht weiß, wo Mercedes ist, wende ich mich an den Schriftsteller und sage ihm, dass ich seinen Roman gelesen habe und dass er begreifen müsse, dass Mercedes immer nur mich geliebt habe. Schließlich hätte ich sie ja schon gekannt, als sie noch jung und unberührt gewesen sei.

Scharf mustert mich der Schriftsteller aus seinen grünen Augen. Nie, sagt er, nie habe er einen Roman geschrieben, und eine Mercedes kenne er nicht. Er hat alles des. Ya lo ha olvidado todo. Baraja las cartas como un auténtico tahúr y elige al gordo de compañero. Me mira con frialdad y dice que nos jugamos mi ingreso en la « Liga de los ahorcados ». Pido que me expliquen qué debo hacer si pierdo pero nadie contesta. Hay un largo silencio; el jugador del Arsenal se sienta con morosidad frente a mí y me hace repasar las señas. Sirve whisky para todos en vasos enormes y se enciende un puro canario.

En las dos primeras manos no hago ni pares ni juego, trato de jugar de farol pero el escritor no entra. Me mira con desprecio mientras muerde un puro que, en este caso, sí es un habano. El seguidor del Arsenal echa un órdago y el escritor se lo gana. Sigo sin cartas y mi compañero juega cada vez peor porque cada vez está más borracho. El escritor se mantiene sobrio y, además, es hábil. En ninguna mano consigo ligar y, para colmo, el borracho de mi compañero parece que me juega a la contra. El gordo también está borracho pero deja jugar al escritor. Este sólo habla para envidar o contar y yo sigo sin cartas. El gesto del escritor es grave: tiene dúplex y treinta y uno. Acabo de perder.

El seguidor del Arsenal ríe con hilaridad, el gordo está completamente congestionado.

Se abre la portezuela y entra una mujer

vergessen. Wie ein wahrer Falschspieler mischt er nun geschickt die Karten und sucht sich den Dicken als Partner. Mit kalter Gleichgültigkeit schaut er mich an und erklärt mir, dass wir um meinen Eintritt in die «Liga der Erhängten» spielten. Ich frage, was ich tun müsse, wenn ich verlieren würde, aber niemand antwortet, alles schweigt. Gelassen setzt sich der Spieler vom FC Arsenal mir gegenüber, und wir sprechen uns wegen der Spielzeichen ab. Er gießt jedem Whisky in riesige Gläser und zündet sich eine Zigarre an, es ist eine kanarische.

In den ersten beiden Runden habe ich weder Paare noch Spiel, ich versuche zu bluffen, aber der Schriftsteller geht nicht darauf ein. Mit einer Zigarre zwischen den Zähnen, bei ihm eine Havanna, schaut er mich verächtlich an. Der Arsenal-Fan bietet schließlich ein «Órdago» – ein Um-alles! –, und der Schriftsteller gewinnt es. In den nächsten Runden habe ich wieder schlechte Karten, und mein Teampartner spielt immer miserabler, weil er von Mal zu Mal betrunkener ist. Der Schriftsteller bleibt nüchtern, außerdem ist er geschickt. Kein einziges Mal bekomme ich ein gutes Blatt, und obendrein scheint mein Säufer von Partner auch noch gegen mich zu spielen. Der Dicke ist zwar auch betrunken, aber er überlässt dem Schriftsteller das Spiel. Dieser redet nur, wenn er bietet oder Punkte zählt. Und ich kriege weiterhin schlechte Karten. Die Miene des Schriftstellers ist ernst: Er hat «gute Paare» und «31», das beste Spiel. Am Ende verliere ich.

Der Arsenal-Anhänger lacht und freut sich, der Dicke ist knallrot im Gesicht.

Da geht die Tür der Kutsche auf, und eine Frau steigt

menuda vestida de negro, tiene la cara tapada por un verdugo a través del cual aparecen unos ojos azules muy vivos.

Lleva una soga en la mano. El cochero ata los caballos, se acerca a la portezuela y, con una reverencia, nos hace bajar. Antes de hacerlo, bebo de un trago el whisky y lleno de nuevo el enorme vaso. Bajo del carruaje con el vaso en la mano.

Allí está preparado el patíbulo y una masa que, por el aspecto procede de la Revolución Francesa, corea mi nombre. No siento miedo. Me acompaña la mujer.

Antes de subir apuro el whisky y, una vez arriba, levanto los brazos para sentirme aclamado.

– ¿Su último deseo?

– Verte la cara, saber si me quieres.

Mercedes se quita el verdugo y puedo ver sus ojos azules y su pelo rojizo, me parece bella. No me reconoce y se queda muy extrañada con la pregunta. Mecánicamente y sin mediar palabra, me ata la soga al cuello y baja la trampilla. El pueblo corea mi nombre y ella me mira con gesto grave. Mientras noto la presión sobre mi garganta, trato de memorizar la cara y el cuerpo de Mercedes. La cubre una nebulosa y sin remedio la voy olvidando. Repito su nombre y, mientras, noto que me ahogo. Ya no recuerdo quién es esa mujer. Siento una fuerte presión también en las sienes. Siento un gran calor.

ein. Sie ist schmal und ganz in Schwarz gekleidet, ihr Gesicht verdeckt eine Henkerskapuze, durch die Schlitze sind ein Paar sehr lebhafter blauer Augen zu sehen.

Die Frau hält einen Strick in der Hand. Der Kutscher bindet die Pferde an und tritt an den Schlag. Mit einer Verbeugung lässt er uns aussteigen. Zuvor trinke ich in einem Zug meinen Whisky aus, gieße das riesige Glas wieder voll und steige damit aus der Kutsche.

Vor mir steht der Galgen bereit, und eine Menschenmenge, die aussieht, als stamme sie aus der Zeit der Französischen Revolution, ruft meinen Namen. Angst habe ich keine. Die Frau begleitet mich.

Bevor ich hinaufsteige, leere ich das Whiskyglas. Oben hebe ich meine Arme und lasse mich bejubeln.

«Ihr letzter Wunsch?»

«Dein Gesicht sehen. Wissen, ob du mich liebst.»

Mercedes nimmt die Henkerskapuze ab, ich sehe ihre blauen Augen, das rötliche Haar. Ich finde sie schön. Sie erkennt mich nicht, und meine Bitte verwundert sie. Mechanisch und ohne etwas zu sagen, legt sie mir den Strick um den Hals und löst die Falltür. Während das Volk meinen Namen skandiert, sieht sie mich mit ernstem Gesicht an. Ich spüre schon den Druck auf meiner Kehle, versuche aber, das Antlitz und den Körper von Mercedes in meiner Erinnerung zu behalten. Nebel umhüllt sie, und unerbittlich entgleitet sie mir. Noch einmal wiederhole ich ihren Namen und merke, wie ich dabei ersticke. Schon weiß ich nicht mehr, wer diese Frau ist. Ich fühle einen starken Druck, auch in den Schläfen, dann eine große Hitze.

Ahora sé que ya he llegado a la Ciudad de los Muertos. El gordo y el del Arsenal me esperan en una mesa de juego situada en un cementerio con cruces de piedra teñidas de verdín que son poco visibles por la bruma. Me saludan muy efusivos y se empeñan en que me siente. El gordo me sirve un whisky y comienza a explicarme las reglas del póker. Cuando empiezo a interesarme por el juego, una mujer menuda y pelirroja aparece abrazada a un tipo en vaqueros de pelo alborotado. Ríen y ríen. Aunque no sé quién es, no puedo dejar de mirarla. Me gusta mucho y me levanto. Se pierden en la bruma y yo, como imantado, les sigo y les sigo entre la niebla.

Ich weiß, dass ich jetzt in der Stadt der Toten angekommen bin. An einem Spieltisch auf einem Friedhof warten der Dicke und der von Arsenal auf mich. Die mit grünlichen Flechten bewachsenen Steinkreuze sind in der diesigen Luft kaum zu erkennen. Die beiden Männer begrüßen mich überschwänglich und bestehen darauf, dass ich mich zu ihnen setze. Der Dicke schenkt mir Whisky ein und beginnt, mir zu erklären, wie man Poker spielt. Gerade als ich anfange, mich dafür zu interessieren, kommt eine schlanke, rothaarige Frau Arm in Arm mit einem Typen in Jeans und zerzausten Haaren daher. Die beiden lachen ununterbrochen. Ich weiß nicht, wer die Frau ist, aber ich kann meinen Blick nicht von ihr wenden. Sie gefällt mir sehr, und ich stehe auf. Die beiden verlieren sich im Dunst, doch wie von einem Magneten angezogen folge ich ihnen, Schritt für Schritt, hinein in den Nebel.

1 *Amancio*: Amancio Amaro Varela, spanische Fußballlegende
2 *Pirri*: eigentlich José Martínez Sánchez, spanischer Fußballspieler
3 *Mus*: Baskisches Kartenspiel, das mit zwei Teams zu je zwei Partnern gespielt wird; dazu gehören die Begriffe: «pares» = «Paare», «juego» = «Spiel», «órdago» = «um alles», «dúplex» = «gute Paare», «31» = bestes Spiel. Dazu kommen die sogenannten «Spielzeichen», bestimmte Geheimzeichen, die sich die jeweiligen Spielpartner mit dem Gesicht geben, z. B. zwinkern, auf die Lippe beißen u. Ä.
4 «*… dass wir die Betrunkenen seien, die Mus auf dem Friedhof spielen werden …*»: Liedzeile in dem baskischen Scherzlied: *Los borrachos en el cementerio juegan al mus*

AL VIEJO MAESTRO

Para Javier

Lo verdaderamente distinto da pavor, todo lo demás está contemplado en las conjugaciones. Era así como razonaba el viejo. Después de cuarenta años enseñando a los chicos los tiempos y las formas de verbales, había calculado que en castellano hay alrededor de trece mil acciones. Por más que sus alumnos vivieran ciento veinte años, no podrían realizar ninguna otra y ésa era una limitación a la que él, involuntariamente, contribuía. ¿Cómo la vida podía discurrir repitiendo estas acciones hasta la saciedad?, se preguntaba el maestro. ¿No era obligación del personal docente abrir nuevos caminos? Sí, contestaba seguro.

De pronto, la solución le vino a la cabeza. Ahora que se acercaba el momento de jubilarse, debía legar a aquellos chicos nuevas acciones que les sacaran del aburrimiento mortal que suponía reiterar esas mismas trece mil que repetían los hispanohablantes desde tiempos de Berceo. Estaba claro que si inventaba una cuarta y una quinta conjugación, ampliaría las acciones permitidas. Sólo poniéndoles nombre, les daría carta de naturaleza.

Para ello pasó el maestro todas las vacaciones de verano recluido en una cabaña de pastor. Le bastaba con un camastro, una mesa

DEM ALTEN LEHRER

Für Javier

Was wirklich anders ist, macht Angst; alles Übrige steckt in den Konjugationen. So die Überlegung des alten Herrn. Nachdem er vierzig Jahre lang den Kindern die Zeiten und Formen der Verben beigebracht hatte, hatte der Lehrer ausgerechnet, dass das Spanische ungefähr dreizehntausend Tätigkeiten kannte. Selbst wenn seine Schüler einhundertzwanzig Jahre alt werden würden, könnten sie keine einzige zusätzliche Handlung ausüben, und das war eine Beschränkung, zu der er unfreiwillig mit beigetragen hatte. Durfte es sein, fragte sich der Lehrer, dass das Leben verrinnt und sich diese Handlungen dabei bis zum Überdruss wiederholten? War es nicht vielmehr die Pflicht der Pädagogen, den Lernenden neue Wege aufzuzeigen? Ja, das war es, sagte er sich voller Überzeugung.

Und da hatte er eine Idee. Jetzt, kurz vor seiner Pensionierung, wollte er den Kindern neue Tätigkeitsformen hinterlassen, die sie aus dem tödlichen Trott befreien würden, den diese dreizehntausend seiner Meinung nach immer wieder heraufbeschworen. Dreizehntausend Tätigkeitsformen, die alle Spanischsprechenden seit Gonzalo de Berceo[1] ständig wiederkäuten. Erfände er nun aber eine vierte und eine fünfte Konjugation, würde er damit zweifellos den Kreis zulässiger Tätigkeiten erweitern. Es kam einfach nur darauf an, dem Kind einen Namen zu geben.

So verbrachte der Lehrer also seine ganzen Sommerferien zurückgezogen in einer Schäferhütte. Er begnügte sich mit einer Pritsche, einem Tisch und einer Kochstelle.

y un hornillo. Tenía tres meses por delante para inventar esa cuarta y esa quinta conjugación que, por lógica del idioma, deberían tener el infinitivo terminado en or y en ur respectivamente.

El primer verbo que se le ocurrió fue mantelur: acción de esconderse bajo la mesa en caso de que los comensales empiecen a ser impertinentes. El segundo fue ahuyentor definido como acción de gritar, gesticulando de forma desagradable, en caso de encuentros fortuitos no deseados.

Luego fueron otros, como pastelur, que indica la acción de tirar pasteles a los gobernantes en inauguraciones y otros actos oficiales, la de cantar profiriendo eructos – eruptomelodior –, hacer el amor a primera vista: ojocoitor, reír y llorar en un solo acto: plañicarcajor, quedarse en la cama sin ir a trabajar durante meses porque así lo pide el cuerpo: hibernoabsentur o matar moscas mediante escupitajos: moscolapur …

Y así infinidad de verbos que recogían conductas no regladas pero que, según su experiencia de años con jóvenes, se llevarían a cabo si lo estuvieran.

Después llegó la labor de recopilación, la ordenación alfabética y un último esfuerzo para precisar las acciones que recogían los nuevos verbos.

Vor ihm lagen drei Monate, in denen er diese vierte und fünfte Konjugation erfinden wollte, die nach der Logik der spanischen Sprache im Infinitiv auf -or beziehungsweise auf -ur enden mussten.

Das erste Verb, das ihm einfiel, war *mantelur*, tischdezn: die Tätigkeit des Abtauchens unter Tisch und Tischdecke, wenn einem ein Tischnachbar auf die Nerven ging. Das zweite war *ahuyentor* oder verscheuchbrüllxn, also das von wildem Gestikulieren begleitete Schreien im Fall einer unerwarteten und nicht erwünschten Begegnung.

Andere Wörter folgten. Zum Beispiel *pastelur*, tortenwerzn, womit die Tätigkeit des Tortenwerfens auf Regierungspersönlichkeiten bei Eröffnungsfeierlichkeiten und anderen offiziellen Ereignissen gemeint war. Oder *eruptomelodior*, also melodierupxn: beim Singen rülpsen. Dann *ojocoitor*, bettblickxn: es sofort, auf den ersten Blick, miteinander treiben. Lachweinxn oder *plañicarcajor* war gleichzeitig lachen und weinen. *Hibernoabsentur*, winterfaulzn, wobei man monatelang im Bett bleibt und nicht zur Arbeit geht, weil der Körper danach verlangt. Oder *moscolapur*, fliegenzielspuzn, was so viel bedeutete wie Fliegen mittels Zielspucken töten.

Und so weiter, und so weiter. Eine Unmenge von Verben, die Handlungen erfassten, die keiner bestimmten Regel unterworfen waren, die sich aber, wie er nach jahrelanger Erfahrung mit Jugendlichen wusste, durchsetzen würden, gäbe es sie.

Schließlich folgte die Zusammenstellung, die alphabetische Auflistung und als letzte große Arbeit die Angaben darüber, welche Handlungen die neuen Verben ausdrückten.

Cansado, con una barba de semanas y aspecto de ermitaño, el catorce de septiembre bajó el maestro al pueblo con un legajo de papeles que contenían listas de acciones insospechadas. La caligrafía con letra de imprenta y escrita con estilográfica, traslucía todo el amor que había puesto el viejo en las nuevas conjugaciones. Ahora sólo le restaba asearse y comenzar el nuevo curso. Y lo hizo con una gran sonrisa, la del que trae en la carpeta, un hallazgo. Las caras eran nuevas, siempre le pasaba, pero le gustaron. Sería la generación puente, la primera que desarrollaría acciones insospechadas, la primera que traspasaría la barrera del trece mil. Y naturalmente, empezó el curso por la cuarta y la quinta conjugación. Los chicos las aprendieron sin esfuerzo y con un entusiasmo poco común en el estudio de la gramática. Una vez aprendidas, la reacción no se hizo esperar. La clase del viejo maestro eruptomelodioaba el himno del colegio en los festivales de navidad, practicaba el ahuyentor por las calles y el mantelur en los cumpleaños de los parientes. Lo hacían con toda inocencia y, si alguien les preguntaba, contaban que estaban aplicando la cuarta y la quinta conjugación.

Y esta moda que comenzó con apenas veinte chicos, se extendió por el pueblo y después por la provincia y el resto del país. Era raro que ante un acto oficial, los asistentes no aplicaran el pastelur; aumentaba la estadística del hiber-

Wie ein Eremit sah der Lehrer aus, als er am 14. September erschöpft und mit einem Wochen alten Bart ins Dorf hinunterwanderte, unterm Arm einen Stoß Papiere, die Tabellen mit ungeahnten Handlungen enthielten. Die mit dem Füllfederhalter in Druckbuchstaben ausgeführte Schönschrift verriet, mit welcher Liebe der alte Herr an die neuen Konjugationen gegangen war. Jetzt musste er sich nur noch wieder zurechtmachen, dann konnte das neue Schuljahr beginnen. Er freute sich, wenn er daran dachte, was für einen Schatz er in seiner Aktenmappe trug. Die Gesichter waren neue, wie das immer so war, aber sie gefielen ihm. Dies würde also der Brückenjahrgang sein, der erste Jahrgang, der unvorhergesehene Tätigkeiten durchführen, der erste, der die Grenze jener Dreizehntausend überschreiten würde. Natürlich begann er den Unterricht mit der vierten und fünften Konjugation. Die Kinder lernten sie mühelos und mit einer Begeisterung, die für das Lernen von Grammatik höchst ungewöhnlich war. Nachdem sie sie erst einmal begriffen hatten, ließ die Wirkung nicht auf sich warten. Die Klasse des alten Lehrers melodierupxte zu Weihnachten die Schulhymne, sie verscheuchbrüllxte auf den Straßen herum und tischdezte an Geburtstagen von Verwandten. Die Schüler taten es ohne jegliche Hintergedanken, und wenn jemand sie darauf ansprach, erzählten sie, dass sie gerade die vierte und fünfte Konjugation anwendeten.

Diese neue Entwicklung, die mit kaum zwanzig Kindern ihren Anfang nahm, verbreitete sich überall im Dorf, dann in der Provinz und schließlich im ganzen Land. Es kam selten vor, dass die Leute im Vorfeld einer öffentlichen Amtshandlung nicht tortenwerzten. Statisnoabsentur y el ojocoitor hacía las delicias de los más impulsivos que eran muchos más de los que razonablemente cabría suponer.

Así, hombres y mujeres comenzaron con entusiasmo a ejercitar acciones no regladas y eso porque ahora sí formaban parte de la lengua. Estos nuevos actos comenzaron a salir en los medios de comunicación y el gobierno, que ya no podía controlar las acciones de los ciudadanos, buscó al instigador de las nuevas conjugaciones.

En el pueblo y a la hora del recreo, apareció un comisario de policía. Ya por el camino que separaba el aparcamiento público del edificio de la escuela, el pobre recibió varios ahuyentor que le estremecieron pero, como tenía clara su misión, no se dejó amedrentar. Al enterarse de su presencia, salieron al camino viejas, amas de casa y agricultores, que practicaron el pastelur entre gritos de júbilo y chanzas. Él, imperturbable cumplidor del deber, aunque con el abrigo salpicado de nata y grosellas, continuó hacia la escuela. En la puerta principal esperaba el claustro. La profesora de latín, que tenía fama de impulsiva, al verlo llegar se adelantó para un ojocoitor, pero los maestros pusieron orden al comprobar que el visitante traía cara de pocos amigos y el abrigo lleno de lamparones.

Le recibió el director de la escuela y le acompañó a su despacho. Cuando el comisario comenzó a preguntar por el maestro que había tiken verzeichneten die Zunahme des Winterfaulzns, und die ganz Spontanen genossen das Bettblickxn; sie waren viel zahlreicher, als man vernünftigerweise für möglich gehalten hatte.

So begannen Männer und Frauen begeistert Dinge jenseits aller Regeln zu tun, weil diese jetzt Teil der Sprache waren. Die neuen Tätigkeiten tauchten zunehmend in den Medien auf, und die Regierung, schon längst nicht mehr in der Lage, das Tun der Bürger zu kontrollieren, machte sich auf die Suche nach dem Anstifter der neuen Konjugationen.

Während der Unterrichtspause erschien im Dorf ein Polizeikommissar. Schon auf dem Weg zwischen öffentlichem Parkplatz und Schulgebäude schlugen dem Armen vereinzelt Verscheuchbrüllxereien entgegen. Es erschreckte ihn, aber er hatte einen klaren Auftrag und ließ sich nicht einschüchtern. Seine Anwesenheit sprach sich herum, und so kamen alte Muttchen, Hausfrauen und Bauern herbeigelaufen, die lachend und juxend tortenwerzten. Doch unerschütterlich in der Erfüllung seiner Pflicht und trotz seines mit Schlagsahne und Johannisbeeren besudelten Mantels schritt der Kommissar auf die Schule zu. Am Haupteingang wartete der gesamte Lehrkörper. Als die Lateinlehrerin, die im Ruf stand, leidenschaftlich zu sein, den Mann herankommen sah, machte sie Anstalten, mit ihm zu bettblickxn. Doch sowie die Kollegen merkten, dass der Besucher ein unfreundliches Gesicht machte und sein Mantel voller Flecken war, mahnten sie Disziplin an.

Der Direktor der Schule empfing den Polizeibeamten und begleitete ihn in sein Büro. Sobald der Kommissar nach dem Lehrer fragte, der zur Anarchie aufgehetzt incitado a la anarquía, el director ya estaba debajo de la mesa. El comisario le rogó, primero por las buenas, que saliera y, después, le amenazó con separarle de su cargo si no entregaba al viejo maestro. Pero fue inútil. Muy desconcertado, el policía tuvo que ir a la sala de profesores en busca del revolucionario. El personal docente le dijo que el maestro estaba hibernoabsenturando y que debía respetar su estado, como lo hacían todos. Sin embargo, las órdenes del comisario eran claras, debía detenerle por instigador de la anarquía y la revolución. Y si no podía él solo, debía pedir refuerzos.

Horas después y aprovechando la noche, una patrulla sacó al viejo de la cama y le llevó a las dependencias judiciales donde fue objeto de un juicio sumarísimo.

¿Con qué derecho había inventado verbos que permitían a las personas realizar acciones no contempladas? ¿Qué era lo que pretendía? Por más que él trataba de explicar que era obligación del maestro abrir nuevas puertas a los alumnos, nadie le escuchó. Le condenaron a muerte, tal y como estaba previsto.

El viejo maestro murió al amanecer sin haber comprendido que lo más que se sabe de una revolución es cómo comienza.

habe, war der Direktor schon unterm Tisch abgetaucht. Der Kommissar bat ihn, zunächst im Guten, wieder hervorzukommen, dann drohte er ihm, ihn von seinem Amt zu entbinden, wenn er den alten Lehrer nicht ausliefere. Aber es nützte nichts. Der Ordnungshüter war fassungslos und musste sich ins Lehrerzimmer begeben, um dort den Umstürzler zu finden. Die Lehrer teilten ihm mit, dass der betreffende Kollege gerade winterfaulzte, er müsse diesen Zustand respektieren, alle täten es. Doch der Kommissar hatte seine Weisungen, er hatte den Mann, der zur Anarchie und Revolution aufrief, festzunehmen. Und wenn er es nicht allein schaffen würde, müsste er Verstärkung anfordern.

Stunden später und im Schutz der Nacht holte eine Patrouille den alten Herrn aus dem Bett und nahm ihn direkt mit zum Gericht, wo er einem Schnellverfahren unterzogen wurde.

Mit welchem Recht habe er Verben erfunden, die es Menschen erlaubten, Handlungen zu tätigen, die nicht vorgesehen seien? Was habe er damit beabsichtigt? Doch sosehr der Lehrer sich auch bemühte und zu erklären versuchte, dass es die Pflicht eines Erziehers sei, Schülern neue Wege zu zeigen, niemand hörte ihm zu. Wie vorgesehen verurteilten sie ihn zum Tod.

Der alte Lehrer starb bei Tagesanbruch, ohne begriffen zu haben, dass man von einer Revolution eigentlich immer nur weiß, wie sie anfängt.

1 *Gonzalo de Berceo*: geb. ca. 1197, gest. vor 1264, Mönch, gilt als einer der ersten Dichter der kastilischen Sprache

HARPÍAS

«El hombre pasea
del brazo con su síntoma»
Ángel Zapata

Y justo cuando me esposaba, sonó el móvil del policía. Paramos en mitad de la acera; él contestó casi con desesperación, discutió un rato con una mujer y colgó bruscamente. Créame, dijo, todo el mundo carga con su cruz, y yo me casé con una harpía. No sabe usted lo que dice, le respondí con conocimiento de causa: « Yo sí me casé con una de ellas ».

Entonces, y ya desde el coche, empecé a recordar cómo conocí a mi mujer; una mujer ingrávida y de mejillas rubicundas. Me gustó de ella no sólo su cara y su pelo lacio sino, y sobre todo, esa ingravidez que me impulsaba a sujetarla con delicadeza para evitar que emprendiera el vuelo. Sus proporciones perfectas tampoco me dejaron frío y fue por todo eso por lo que no dejé de mirarla desde que llegué a aquella fiesta. Ella fue la que se acercó, me sonrió, me escuchó un buen rato y cruzó las piernas pasando el pie izquierdo tras la pantorrilla derecha, como si tuviera la intención de abrazarme en ese mismo gesto y en un solo acto. En ese instante, el resto del escenario dejó de existir y me quedé anclado a sus piernas como un ave tonta. Me sentí tan vulnerable

HARPYIEN

«Der Mensch spaziert Arm in
Arm mit seinen Symptomen»
Ángel Zapata

Gerade als der Polizist mir die Handschellen anlegte, läutete sein Handy. Mitten auf dem Gehweg blieben wir stehen. Er antwortete, fast verzweifelt, debattierte eine Weile mit einer Frau und legte dann abrupt auf. «Glauben Sie mir», sagte er, «wir haben alle unser Kreuz zu tragen. Ich bin mit einer raffgierigen Harpyie verheiratet.» «Sie haben keine Ahnung, wovon Sie reden», antwortete ich aus einschlägiger Erfahrung: «Ich habe auch eine geheiratet.»

Im Auto dachte ich dann daran, wie ich meine Frau kennengelernt hatte. Eine Frau, leicht wie eine Feder, mit geröteten Wangen. Mir gefiel ihr Gesicht und das glatte Haar, vor allem aber diese Schwerelosigkeit, und ich wollte sie festhalten, ganz vorsichtig, damit sie nicht auf- und davonflöge. Auch ihre makellose Figur ließ mich nicht kalt, sodass ich sie unaufhörlich ansah, als sie damals auf dem Fest auftauchte. Sie war es gewesen, die auf mich zukam, mich anlächelte und eine ganze Weile mit mir plauderte. Dabei hielt sie ihre Beine übereinandergeschlagen, den linken Fuß um die rechte Wade geschlungen, so, als wolle sie mich genau so und auf der Stelle umarmen. In diesem Augenblick hörte alles um mich herum auf zu existieren, wie eine flügellahme Ente lag ich ihr zu Füßen. Ich fühlte mich unendlich schwach und war que no tuve el valor de proseguir con el cortejo nupcial que tímidamente había iniciado. De pronto, ella se volatilizó y sólo me quedó el consuelo de haber registrado su móvil.

En los días siguientes, su perfección me provocaba tal inseguridad que no me atreví a marcarlo. Me costó dos semanas armarme de valor; pero tras la primera llamada todo fue fácil y, tras varios meses, conseguí ser yo el enroscado.

Después vestí sus fabulosas proporciones con esas cualidades femeninas que cualquier hombre tiene necesidad de superponer a la combinación perfecta y a la belleza sin límites: sensibilidad, inocencia, bondad, y plena dedicación al macho enroscado.

Me hizo feliz – no lo voy a negar – pero pagué un precio.

Durante nuestro noviazgo y en los primeros meses de matrimonio, incurrí en muchos gastos: nuestra luna de miel en el Plaza, algún recuerdo comprado en Tiffany's, y una fiesta sorpresa en la que mi amada celebró sus veinticinco años y en la que cada uno de los doscientos asistentes me mostraron su devota admiración. En fin, esas pequeñas cosas que hacen la vida agradable a la mujer que tienes al lado, que permiten al macho pavonearse a placer y que tan sólo cuestan dinero.

Y aunque mi patrimonio era respetable, todo lo anterior junto a suntuosos gastos en tiendas de la calle Lista, hicieron que mi cuenta corrienunfähig, ihr weiter Avancen zu machen, wie ich es am Anfang schüchtern getan hatte. Plötzlich entschwand sie, und mir blieb nur der Trost, dass ich ihre Handynummer besaß.

Ihre Makellosigkeit hatte mich so verunsichert, dass ich in den folgenden Tagen nicht wagte, sie anzurufen. Zwei Wochen lang sprach ich mir Mut zu, doch nach dem ersten Anruf lief dann alles ganz leicht, und nach ein paar Monaten war ich völlig durchgedreht.

Ihre traumhafte Figur schmückte ich nun mit jenen weiblichen Qualitäten, die jeder Mann zwangsläufig einem Wesen von grenzenloser Schönheit und vollendetem Stil überstülpt. Qualitäten wie Feingefühl, Unschuld, Sanftmut und völlige Hingabe an den verliebten Tölpel.

Ich war glücklich, ich leugne es nicht, aber ich zahlte einen hohen Preis.

Während unserer Verlobungszeit und in den ersten Monaten nach der Hochzeit kamen jede Menge Kosten auf mich zu: unsere Flitterwochen im Plaza Hotel, irgendein Souvenir von Tiffany, eine Überraschungsparty zum fünfundzwanzigsten Geburtstag meines Schatzes – und jeder der zweihundert Gäste zollte mir ehrfürchtige Bewunderung. Alles in allem also Kleinigkeiten, die der Frau an deiner Seite das Leben angenehm machen und dem Männchen gestatten, sich wohlgefällig aufzuplustern. Kleinigkeiten, die halt nur etwas Geld kosten.

Ich verfügte zwar über ein ansehnliches Vermögen, aber diese Ausgaben und sündhaft teure Einkäufe in der Calle Lista brachten mein Bankkonto in beträchtliche Schieflage. Doch ist man unverdientermaßen mit te empezara a tiritar. Pero cuando uno tiene al lado una mujer tan inmerecida, no hay que reparar en minucias aunque para sufragarlas haya que aceptar casos vidriosos, por intrincados o por relativos a personas de dudosa reputación.

Es cierto que me surgieron algunas dudas sobre su bondad el día en que su madre, tras nuestro primer aniversario, se instaló definitivamente en mi casa; pero era una presencia discreta. Pasaba las tardes jugando a las cartas y en ese tiempo libre, yo seguía paseando las medidas de mi mujer por el Madrid más caro y disfrutaba a rabiar de sus sofisticadas técnicas de enroscamiento.

Sin embargo, y con la llegada del otoño, empecé a percibir ciertos cambios en mi amada: el primero fue que expelía un olor infecto. Le regalé varios perfumes caros y compré un bote grande de Listerine; pero aquel olor lo envolvía todo y, por más que traté de engañarme y pensar que era mi suegra, estaba claro que era ella quien lo destilaba. Me mostré huidizo durante unos días pero era una mujer maravillosa y me resultaba muy violento hacerle algún comentario. La seguía paseando por Madrid pero sin entretenerme a hablar con nadie, tan sólo dejándome admirar. Ciertamente nuestras relaciones hasta entonces perfectas, se vieron afectadas, pero opté por hacerle el amor con mascarilla con la excusa de que así einer so wundervollen Frau zusammen, sollte man über derartige Lappalien hinwegsehen, selbst wenn man sich, um sie finanzieren zu können, auf schmierige Machenschaften, verwickelte Affären oder Geschäfte mit zwielichtigen Typen einlassen muss.

Ich gestehe, dass ich an ihrer Liebenswürdigkeit zu zweifeln begann, als ihre Mutter nach unserem ersten Hochzeitstag bei uns einzog. In mein Haus und unwiderruflich. Allerdings merkte man ihre Anwesenheit kaum. Die Nachmittage verbrachte sie mit Kartenspielen, und wie immer flanierte ich in diesen freien Stunden mit meinem prachtvollen Weib durch das etwas teurere Madrid und genoss zutiefst ihre raffinierten Verführungskünste.

Doch in den ersten Herbsttagen bemerkte ich gewisse Veränderungen an meiner Liebsten. Zuerst war da ein unangenehmer Geruch, der von ihr ausging. Ich schenkte ihr verschiedene kostbare Parfums und kaufte ihr eine große Flasche Mundwasser. Gleichwohl überlagerte dieser Geruch alles. Je mehr ich versuchte, mir etwas vorzumachen und mir einzubilden, es sei meine Schwiegermutter, die stank, desto klarer wurde mir, dass der Geruch von meiner Frau kam. Ein paar Tage lang hielt ich mich fern von ihr, doch sie war ein zauberhaftes Wesen, und es fiel mir schwer, sie darauf anzusprechen. Ich bummelte nach wie vor mit ihr durch die Stadt, aber ohne mit irgendjemandem zu reden, und beließ es dabei, bewundert zu werden. Natürlich litt unsere bis dahin vollkommene Beziehung darunter, aber dann beschloss ich, eine Atemschutzmaske zu tragen, wenn wir miteinander schliefen, und entschuldigte mich damit, dass me lo había prescrito el médico. Incomprensiblemente apenas se extrañó.

Cuando ya me había acostumbrado a la presencia de mi suegra y al olor de mi mujer, su hermano se fue a vivir a mi casa de la playa. En principio me rebelé, pero mi dulce amada hizo que consintiera. Al fin y al cabo, el mar está lejos y esa casa no la utilizaba con frecuencia. Siempre podríamos ir a un hotelito para pasar las vacaciones, y esa idea de mi mujer me gustaba. Y así fue, pasamos la Semana Santa en el Marbella Club, acompañados por su madre y una prima. Aquellos días me di cuenta de todo lo que comía mi esposa y pensé que quizá eso le provocaba malas digestiones y la terrible halitosis. Pero era mejor no hacer cábalas y dedicarse a disfrutar.

Un atardecer salimos cogidos de la mano y, mientras su olor fétido se mezclaba con el del mar, vi en sus pies descalzos unas uñas largas no muy propias de una mujer con su clase. En principio no le di importancia, cualquiera podía tener un descuido, pero semanas después pude comprobar que cuando se las cortaba volvían a salir aún más estrechas y curvas. Eso me produjo cierta inquietud. Sin embargo, era algo fácil de esconder y yo seguía presumiendo de ella ante mi socio, mis amigos y los viandantes. El único problema eran los arañazos. Para evitarlos, además de mascader Arzt es mir verordnet habe. Zu meiner Überraschung wunderte sie sich kaum darüber.

Gerade hatte ich mich an die Gegenwart meiner Schwiegermutter und den Geruch meiner Frau gewöhnt, da kam ihr Bruder und quartierte sich in meinem Haus am Strand ein. Zuerst protestierte ich, aber mein süßer Schatz schaffte es, dass ich einwilligte. Das Meer ist schließlich weit weg, und so oft nutzte ich das Haus ohnehin nicht. Wir könnten die Ferien ja jederzeit in einem kleinen Hotel verbringen, schlug meine Frau vor. Die Idee gefiel mir, und so geschah es. In Begleitung ihrer Mutter und einer Cousine verbrachten wir die Woche über Ostern im Marbella Club. In dieser Zeit fiel mir auf, was meine Frau so alles in sich hineinstopfte, und ich überlegte mir, ob das vielleicht die Ursache ihrer schlechten Verdauung und des scheußlichen Mundgeruchs war. Aber was sollte ich herumspekulieren? Ich wollte genießen.

Eines Tages spazierten wir also Hand in Hand in den Abend hinein, und ihre übelriechende Körperausdünstung mischte sich mit dem Geruch des Meeres. Da bemerkte ich an ihren nackten Füßen ziemlich lange Zehennägel, die eigentlich zu einer Frau wie ihr nicht passten. Zunächst achtete ich nicht weiter darauf, jedem kann mal etwas entgehen, aber Wochen später merkte ich, dass ihre Nägel, wenn sie sie schnitt, umso schmaler und gebogener nachwuchsen. Das rief in mir schon eine gewisse Beunruhigung hervor. Andererseits ließ sich diese Sache leicht verbergen, und vor meinem Geschäftspartner, meinen Freunden und den Leuten auf der Straße gab ich weiter mit ihr an. Das einzige Problem waren die Kratzer. Um dem vorzubeugen, trug ich nun neben rilla, empecé a utilizar un traje de buzo con abertura. Ella ni siquiera se extrañó y yo, vestido de negro, cada noche caía rendido en brazos de mi amada.

Cuando comenzó a reamueblar mi casa de la playa al gusto de su hermano, pero con mi dinero, estuve a punto de hacerle ciertas consideraciones sobre el significado del derroche. Decidido, entré en el baño. Ella se miraba al espejo envuelta en una toalla. Sin saber cómo empezar mi discurso, la miré. Sus piernas habían adelgazado tanto que parecían de cigüeña; no tuve el valor de decirle nada sobre los muebles y las cortinas, temí que hubiera enfermado. Ella se sentó en el borde de la bañera y se tapó como pudo. No quería violentarla, la besé y le di las buenas noches. Desde aquel día la cuidé aún más por si le aquejara alguna extraña dolencia.

Y sin duda algo le pasaba. Ya no quería salir, y hacía traer platos preparados de distintos restaurantes. Se comía absolutamente todo mientras yo esperaba impaciente para ponerme mi buzo.

El caso es que seguía realmente enamorado de mi mujer, tan enamorado que accedí a comprarle una casa en la montaña. Tuve que usar el dinero de mi madre, que no se disgustó porque había perdido la cabeza.

Mis remordimientos – si los tuve – duraron poco ya que comencé a trabajar a destajo der Atemschutzmaske noch einen Taucheranzug mit Öffnung. Wieder wunderte sie sich nicht darüber, und ich sank jede Nacht in meinem schwarzen Schutzanzug bereitwillig in die Arme meiner geliebten Frau.

Als sie allerdings daranging, mein Strandhaus nach dem Geschmack ihres Bruders, aber mit meinem Geld neu einzurichten, wollte ich nun doch endlich einmal das Thema Verschwendung zur Sprache bringen. Energisch betrat ich das Badezimmer. Sie hatte ein Handtuch umgebunden und betrachtete sich im Spiegel. Da ich nicht wusste, wie ich meine Rede beginnen sollte, schaute ich sie erst nur an. Ihre Beine waren dünn geworden, dünn wie Storchenbeine. Ich brachte es nicht übers Herz, ihr mit Möbeln und Vorhängen zu kommen, ich hatte Angst, dass sie krank war. Sie setzte sich auf den Badewannenrand und wickelte sich, so gut sie konnte, ins Handtuch. Ich wollte ihr nicht wehtun, ich küsste sie und wünschte ihr Gute Nacht. Seitdem passte ich noch mehr auf sie auf, es war ja möglich, dass sie an einer seltenen Krankheit litt.

Und irgendetwas war bestimmt los mit ihr. Sie wollte nicht mehr ausgehen und ließ sich Essen von verschiedenen Restaurants kommen. Sie aß alles bis auf den letzten Bissen, während ich ungeduldig darauf wartete, in meinen Taucheranzug schlüpfen zu können.

Ja, ich war noch immer richtig verliebt in meine Frau, so verliebt, dass ich mich bereiterklärte, ihr ein Haus in den Bergen zu kaufen. Ich musste dafür das Geld meiner Mutter nehmen, der es nichts ausmachte, weil sie nicht mehr klar im Kopf war.

Meine Schuldgefühle, falls ich überhaupt welche hatte, dauerten nicht lang, zumal ich anfing, wie blöde für einen para un clan de mafiosos a fin de obtener el dinero suficiente para amueblar la casa con las antigüedades y cuadros de paisajistas ingleses del XVII, que eligió, por catálogo, mi mujer.

Cierto es que cuando la estrenamos e hicimos el amor entre muebles estilo Luís XVI, me pareció ver una pluma negra sobre la almohada; pero estaba oscuro, y atribuí esta visión a los efectos del armagnac que había tomado después de la cena para estar a la altura de la decoración.

Así alternamos durante días, enroscamientos acompañados de buzo y escafandra, con agradables paseos entre los ocres del otoño.

Fueron nuestros últimos momentos de paz, porque, antes de diciembre, había recibido una citación judicial por apropiación de fondos, y a principios de febrero, los acreedores me amenazaban con pedir la ejecución de mis bienes para cobrarse sus deudas. Fue entonces cuando mi socio se separó de mí para no verse mezclado en asuntos turbios. Le echaba la culpa de todo a mi mujer. Yo protesté pensando que lo suyo era pura envidia; pero él se rió y me dijo que había dado con una auténtica harpía, de las que llevan h, de las de cuerpo de rapaz, de las que te dejan en la ruina. « Sí, sí – me dijo – acabará perdiendo las proporciones y, si te descuidas, le saldrá un gran buche ».

Estas últimas palabras martillearon mi cabeza tanto que empecé a desconfiar de mi

Mafia-Clan zu arbeiten, um genügend Geld heranzuschaffen, damit wir unser Heim mit Antiquitäten und Gemälden englischer Landschaftsmaler des 17. Jahrhunderts, die meine Frau aus Katalogen aussuchte, ausstatten konnten.

Als wir das Haus einweihten und zwischen Louis-XVI-Möbeln miteinander schliefen, glaubte ich, eine schwarze Feder auf dem Kissen zu sehen. Aber es war dunkel, und ich schrieb diese Halluzination der Wirkung des Armagnacs zu, den ich nach dem Abendessen zu mir genommen hatte, um mich dem Interieur ebenbürtig zu erweisen.

So verbrachten wir also unsere Zeit mit Liebesspielen in Taucheranzug und Maske und heiteren Spaziergängen durch die gelbrote Farbenpracht des Herbstes.

Das waren unsere letzten ruhigen Tage. Denn noch bevor es Dezember wurde, erhielt ich eine gerichtliche Vorladung wegen Unterschlagung von Geldern, und Anfang Februar drohten mir die Gläubiger zur Beitreibung ihrer Forderungen mit der Vollstreckung in mein Vermögen. Daraufhin trennte sich mein Sozius von mir, um nicht in undurchsichtige Geschäfte mit hineingezogen zu werden. Die Schuld an allem gab er meiner Frau. Ich widersprach. Er sei nur neidisch, meinte ich. Aber er lachte, ich hätte es mit einer echten Harpyie zu tun. Nicht einfach nur mit einem bösen Weib, nein, sondern mit einer wahrhaftigen Harpyie, die den Körper eines Raubvogels habe und mich in den Ruin treibe[1]. «O ja», sagte er, «am Ende wird sie ihre Figur verlieren, und wenn du nicht achtgibst, wächst ihr ein dicker Kropf und sie kriegt den Hals nicht voll.»[2]

Diese letzte Bemerkung gab mir nun doch zu denken, und ich begann, meiner Frau zu misstrauen. Obwohl mujer. A pesar de que llegaba agotado – hacía malabarismos para escapar de los acreedores y los mafiosos – cada noche la espiaba mientras dormía. Cualquier comprobación era difícil ya que desde nuestro último viaje, tenía el sueño ligero y había adquirido la costumbre de usar pijama y patucos. Cuando conseguí reunir el valor suficiente para preguntarle por el extraño aspecto de sus piernas, no me dejó hablar, tan sólo me sorprendió con su embarazo. Pensé que los cambios físicos que sufría eran consecuencia de su estado y, que después de dar a luz, volvería a ser aquella mujer perfecta, si se quiere más plena aún tras la maternidad. Mi socio tendría que tragarse sus palabras y comenzaríamos una nueva vida en un país lejano, donde nuestro hijo pudiera crecer sin amenazas y su madre fuera la mujer más admirada.

Los meses posteriores estuvieron plagados de caprichos que yo pagué religiosamente por aquello de que los antojos no cumplidos dejan marcas en el bebé. Adquirí una televisión de plasma y un sillón de los que dan masaje para los ratos de descanso de mi esposa; no le dejé realizar apenas actividad física por ver si le engordaban las piernas. Contraté a la pedicura más cara de Madrid para que le arreglara los pies y llené la casa de ambientadores. Ella sesteaba y cubría sus ich völlig erschöpft war, weil ich ständig herumlavieren musste, um Gläubigern und Mafiosi zu entkommen, beobachtete ich sie jede Nacht, während sie schlief. Aber es war schwer, irgendwelche Anzeichen für Veränderungen an ihr zu erkennen, denn sie hatte seit unserer letzten Reise einen leichten Schlaf und es sich außerdem angewöhnt, Pyjama und Bettsocken zu tragen. Als ich endlich meinen ganzen Mut zusammennahm und sie fragte, warum sie so seltsam aussehende Beine habe, ließ sie mich nicht ausreden, sondern überraschte mich damit, dass sie schwanger sei. Ich dachte, dass die körperlichen Veränderungen, die sie durchmachte, eine Folge ihres Zustands seien. Nach der Geburt würde sie sicher wieder genauso makellos werden wie zuvor, ja sogar noch schöner, wenn sie erst einmal Mutter sein würde. Mein Geschäftspartner müsste seine Worte zurücknehmen, wir aber begännen ein neues Leben in einem fernen Land, wo unser Sohn ohne Bedrohungen heranwachsen könnte und seine Mutter die am meisten bewunderte Frau wäre.

In den folgenden Monaten häuften sich ihre Launen, und ich zahlte gehorsam, heißt es doch, dass die nicht erfüllten Begehrlichkeiten schwangerer Frauen beim Kind Spuren hinterlassen. Ich besorgte für meine Frau einen Plasma-Fernseher und einen dieser Sessel, der massiert, wenn man sich darin ausruht. Ich erlaubte ihr praktisch keine körperlichen Betätigungen, in der Hoffnung, dass ihre Beine dann wieder kräftiger würden. Ich ließ die teuerste Fußpflegerin von Madrid kommen, damit sie ihr die Füße mache, und stellte überall im Haus Luftreiniger auf. Hielt meine Frau Siesta, bedeckte sie brazos con una extraña toquilla que le daba un aire de pajarraco y que no se quitaba ni para dormir.

Sin embargo su cara seguía siendo bella, sus ojos eran dulces, sus mejillas rubicundas y yo no podía negarme a sus caprichos. Importamos las telas del cuarto del bebé desde Estados Unidos, le compramos un edredón de plumas y pintamos con hojas las paredes del dormitorio.

Por fin llegó el momento. En un amanecer de abril, mi amada llenó el bidé de pajitas y puso un huevo. Después puso dos y, con las garras, mis hijas rompieron el cascarón. Las cogí a las tres en la palma de la mano y comprobé que tenían la belleza serena de su madre, sus ojos azules, su nariz respingona y unos cuerpos – aún sin plumas – de rapaces recién nacidas a las que ya les apuntaban las garras. Perplejo, me volví para mirar a mi mujer pero, en ese momento, escuché un brusco rumor provocado por unas brillantes alas negras que sacó de debajo de su chal para cubrir a mis hijas.

No tuve mucho tiempo para asumir mi extraña paternidad. Esa misma noche cayó una tormenta y, escapando del rayo, volaron mis cuatro harpías. Me quedé contemplándolas desde el balcón: solo, arruinado y perseguido por la justicia. Fue entonces cuando miré hacia abajo y vi el coche de la policía judicial; uno de esos coches que separan al prisionero con unos barrotes que parecen de jaula.

ihre Arme mit einem merkwürdigen großen Schal, der sie wie ein grotesker Vogel aussehen ließ. Nicht einmal zum Schlafen legte sie ihn ab.

Doch ihr Gesicht war noch immer schön, ihre Augen sanft und ihre Wangen rot, ich konnte ihr keinen ihrer exzentrischen Wünsche abschlagen. Wir ließen die Stoffe für das Kinderzimmer aus den USA kommen, wir kauften ein Federbett, wir bemalten die Wände des Schlafraums mit Blättern.

Endlich war der Augenblick gekommen. An einem frühen Morgen im April polsterte meine geliebte Frau das Bidet mit Strohhalmen und legte ein Ei. Danach legte sie noch einmal zwei, und mit ihren Krallen brachen meine Töchter die Schale auf. Ich nahm die drei in meine Hände und stellte fest, dass sie die heitere Schönheit ihrer Mutter besaßen, deren blaue Augen und das Stupsnäschen. Ihre Körper, wenn auch noch ohne Federn, waren die Körperchen frisch geschlüpfter Küken, schon konnte man die Klauen erkennen. Unsicher drehte ich mich zu meiner Frau um, da hörte ich plötzlich ein Geräusch; es kam von einem Paar glänzender schwarzer Flügel, die sie unter ihrem Tuch hervorzog und über meine Kinder breitete.

Ich hatte nicht viel Zeit, meine ungewöhnliche Vaterschaft anzunehmen. Noch in derselben Nacht brach ein Gewitter aus, und meine vier Harpyien flohen Blitz und Donner und schwangen sich auf und davon. Ruiniert, von den Strafbehörden verfolgt, blieb ich allein zurück auf dem Balkon und blickte ihnen nach. Als ich dann nach unten schaute, sah ich das Polizeiauto, so eines, in das der Gefangene hinter Gitter geschlossen wird wie in einen Vogelkäfig.

Empezaba a echar de menos a mi mujer e incluso su olor, cuando mi suegra apareció acompañada de un policía que me puso las esposas y me recitó mis derechos. Sin oponer resistencia bajé con él a la calle. Su móvil sonaba impertinente y mientras paró para atenderlo, alcé la mirada y comprobé apenado que mis harpías se alejaban en perfecta formación.

Schon vermisste ich meine Frau und sogar ihren Geruch, da erschien meine Schwiegermutter in Begleitung eines Polizisten. Er legte mir die Handschellen an und erklärte mir meine Rechte. Widerstandslos folgte ich ihm hinunter auf die Straße. Sein Handy schrillte unangenehm laut. Während er stehenblieb und den Anruf entgegennahm, hob ich den Blick, und mit Kummer musste ich feststellen, wie meine Harpyien sich in vollendetem Formationsflug entfernten.

1 *Harpyie*: Greifvogelart, in der griechischen Mythologie Zwitterwesen, halb schöne Frau, halb raffgieriger, räuberischer Dämon. Im Spanischen wird das Wort sowohl mit als auch ohne h geschrieben: *harpía* und *arpía*.

2 Wortspiel: *El buche* ist der Kropf bei Vögeln, aber auch eine Tasche, in die man alles Mögliche hineinstopfen kann.

Marta perdió los brazos en la carretera de Lisboa a Estoril. La atropelló un Mercedes grande con aspecto de coche fúnebre. Pero pasó hace mucho tiempo, tanto que no lo recuerda.

A los pocos meses, recibió los brazos de una mujer con la piel muy blanca. Ese contraste con su cuerpo cetrino no la incomodó, unas manos tan blancas tenían que ser unas manos inocentes. Además, los recibió con la ilusión que sentimos al recuperar esos objetos que, por haberlos visto siempre, no añoramos hasta que se pierden en una mudanza. Como le recordaba a menudo su amigo Juan, le permitían escribir, comer, saludar y despedirse de nuevo. Estaba agradecida a aquella mujer de dedos alargados y, en parte, se encontraba en deuda con ella. Pero desde que pensó que eran manos con una historia que desconocía, desde que comenzó a preguntarse a quién habrían acariciado, a quién despidieron o a quién trataron de retener, esas manos, aunque blancas, le parecieron menos inocentes. Ahora que eran un apéndice de su cuerpo, no soportaba que supieran más de lo que ella sabía. Y como estaba segura de que eran expertas en asuntos que ella ignoraba, empezó a recelar.

CANTICORUM JUBILO

Marta hatte ihre Arme auf der Landstraße von Lissabon nach Estoril verloren. Sie war von einem großen Mercedes überfahren worden, er hatte ausgesehen wie ein Leichenwagen. Aber das war lange her, so lange, dass sie sich nicht mehr daran erinnert.

Innerhalb weniger Monate hatte sie die Arme einer Frau mit sehr weißer Haut erhalten. Der Kontrast zum Olivton ihres Körpers störte sie nicht; Hände, die so weiß waren, mussten unschuldige Hände sein. Außerdem empfand sie, als sie sie bekam, diese Freude, die wir alle kennen, wenn wir Sachen zurückkriegen, die wir nie vermisst haben, weil sie immer da waren – bis sie bei einem Umzug verloren gehen. Ihr Freund Juan erinnerte sie oft daran: Mit diesen Armen konnte sie wieder schreiben, essen, grüßen, sich verabschieden. Sie war jener Frau mit den langen Fingern dankbar, zu einem gewissen Teil fühlte sie sich auch in deren Schuld. Aber seit ihr der Gedanke gekommen war, dass diese Hände eine eigene Geschichte hatten, die sie nicht kannte, seit sie sich fragte, wen diese Hände gestreichelt hatten, wem Lebewohl gesagt und wen sie festzuhalten versucht hatten, seitdem erschienen ihr diese Hände, ungeachtet ihrer weißen Farbe, nicht mehr ganz so unschuldig. Jetzt, wo sie ein Anhängsel ihres Körpers waren, konnte sie es nicht ertragen, dass diese Hände mehr wussten als sie. Und da sie überzeugt war, dass sie Erfahrung in Dingen besaßen, mit denen sie, Marta, sich nicht auskannte, begann sie, ihnen zu misstrauen.

Estos ataques de recelo los paliaba, aunque sólo a medias, con razonamientos empáticos. Quizá aquellas manos fueran desgraciadas por tener que seguir cosidas a su hombro o por haber perdido texturas o pieles ajenas a sus sentidos. Utilizaba algo que no le pertenecía, violentaba a otras manos para que hicieran su voluntad, las usaba sin recato después de ser cercenadas de un cadáver sin nombre. Eran manos que si seguían vivas era sólo porque una ordenada ingesta de medicamentos evitaba su necrosis. Su destino era morir y la voluntad de Marta que vivieran. Y claro, una contradicción tan rotunda en un mismo cuerpo es perturbadora. El caso es que recelaba de ellas. Y cuando se recela es casi siempre por algo.

Pero el comportamiento de sus manos no tenía nada que reprochar. Acariciaban si Marta sentía ternura, negaban ante su indignación y enjugaban sus lágrimas en noches de nostalgia. Sin embargo, para Marta, eran actos automáticos y muy alejados de sus sentimientos. En ocasiones las percibió algo desganadas, como si pusieran en duda su obligación de obedecer. Después le pareció notar algún acto de rebeldía. Creyó, aunque no estaba segura, que en una ocasión su mano derecha comenzó a negar con el índice mientras Marta asentía con entusiasmo. Lo dejó pasar; fueron sólo unos segundos y quizá fueran imaginaciones

Es gelang ihr, wenn auch nur bedingt, diese plötzlichen Anfälle von Skepsis schönzureden, indem sie sich in die Lage ihrer Hände und Arme versetzte. Vielleicht waren sie unglücklich, weil sie nun an ihren Schultern angenäht waren oder weil sie Gewebe oder Haut verloren hatten, die ganz anders waren als die ihren. Sie, Marta, benutzte etwas, was ihr nicht gehörte. Sie tat fremden Händen Zwang an, damit diese sich ihrem Willen beugten. Sie gebrauchte diese Hände ungeniert, nachdem sie einem Leichnam ohne Namen abgetrennt worden waren. Es waren Hände, die nur deshalb am Leben blieben, weil die verordneten Medikamente sie am Absterben hinderten. Ihre Bestimmung war es, zu sterben, Martas Wille, dass sie lebten. Klar, dass ein solch offensichtlicher Widerspruch in ein und demselben Körper verstörend wirkt. Von daher misstraute Marta ihnen. Und wenn man misstraut, hat es meistens einen Grund.

Doch das Verhalten ihrer Hände gab keinen Anlass zur Klage. Sie streichelten, wenn Marta nach Zärtlichkeit zumute war, sie zeigten Ablehnung, wenn sie sich empörte, und sie trockneten ihre Tränen in sehnsuchtsvollen Nächten. Aber es waren mechanisch ausgeführte, von Martas Gefühlen völlig losgelöste Gesten. Gelegentlich empfand sie die Hände als etwas unwillig, so, als ob sie ihre Pflicht, gehorchen zu müssen, infrage stellen wollten. Dann glaubte sie, einen Anflug von Aufsässigkeit zu bemerken. Einmal hatte sie den Eindruck, war sich aber nicht sicher, dass der Zeigefinger ihrer rechten Hand Verneinung signalisierte, während sie selbst euphorisch bejahte. Sie ging darüber hinweg; es waren nur ein paar Sekunden gewesen, vielleicht hatte sie es sich eingebilsuyas. Pero desde entonces, cuando asentía, las guardaba en los bolsillos. Recelaba de ellas y debía ser un sentimiento compartido porque, tras varios renuncios, empezaron a necrosarse en el extremo del dedo corazón. Era una necrosis muy discreta que apenas le afectaba al sentido del tacto, pero al fin y al cabo, necrosis. Para evitarla aumentó el número de pastillas. Fue inútil. A los pocos meses, tenía necrosadas las yemas de los dedos. Sin embargo, Marta no se resignaba a perder de nuevo sus manos o mejor aquellas manos y, por suerte, no las perdió.

Una noche después de cenar con Juan, que se encontraba en Madrid por temas de trabajo, tomaron la última copa en el lobby de un hotel. Era un bar decorado en tonos granates, con una barra redonda tras la que un camarero agitaba la coctelera para entretener a un grupo de ejecutivos cansados y a algún turista. Marta y Juan escogieron una mesa retirada para poder seguir charlando. Al fondo, se escuchaba el piano.

Repentinamente y casi sin sentarse, Marta se dirigió al pianista y le pidió que le dejara interpretar una canción. No sabía tocar el piano y, además, nunca le había gustado actuar en público pero se sentó en el taburete y sus dedos, aún necrosados, recorrieron con soltura las diferentes escalas. Mientras, su cerebro se anticipaba a la melodía. Juan, perplejo con det. Doch seither ließ Marta ihre Hände in den Taschen, wenn sie einer Sache zustimmte. Sie hegte Argwohn gegen ihre Hände, und das Gefühl schien gegenseitig zu sein, denn nach mehreren solcher Widersprüche begannen die Extremitäten des Mittelfingers abzusterben. Es war eine fast nicht wahrnehmbare Nekrose, kaum, dass sie den Tastsinn beeinträchtigte, aber es war eine Nekrose. Vorbeugend erhöhte Marta die Anzahl der Tabletten. Es nützte nichts. Nach einigen Wochen waren die Fingerkuppen abgestorben. Doch Marta wollte nicht schon wieder ihre Hände oder, besser gesagt, diese anderen Hände verlieren, und zum Glück verlor sie sie auch nicht.

Eines Abends tranken sie und Juan, der aus beruflichen Gründen in Madrid war, nach dem Essen noch ein letztes Glas in der Lobby eines Hotels. Die Bar war in dunklem Rot gehalten, hinter dem runden Tresen mixte ein Barkeeper Cocktails für eine Gruppe müder Manager und ein paar Touristen. Marta und Juan suchten sich einen ruhigen Tisch, um weiter miteinander plaudern zu können. Im Hintergrund war Klaviermusik zu hören.

Marta hatte noch nicht richtig Platz genommen, als sie unversehens zu dem Pianisten ging und ihn bat, sie ein Stück spielen zu lassen. Sie konnte nicht Klavier spielen, und es war ihr auch immer unangenehm gewesen, in der Öffentlichkeit aufzutreten. Aber jetzt setzte sie sich auf den Klavierschemel, in ihrem Kopf formte sich schon das Thema, und trotz der Nekrose spielten ihre Finger mit Leichtigkeit die verschiedenen Läufe. Überrascht von Martas unerwarteten Fähigkeiten, las nuevas habilidades de Marta, comenzó a aplaudir y pronto se sumaron el resto de los clientes. Ella con una voz desconocida y potente de soprano, dio las gracias y señaló que había interpretado un *Canto de júbilo* de Händel. Lo dijo espontáneamente. Y sí, sí sabía quién era Händel – todo el mundo lo sabe – pero jamás en su vida y, podría jurarlo, había oído el *Canto de júbilo*. Interpretó a Chopin y a Bach y hubiera continuado si el pianista se lo hubiera permitido. Pero era su trabajo y Marta, o sus manos, lo hacían bastante mejor que él. Fue por eso y porque su actuación se alargaba, por lo que se acercó impaciente, le dio las gracias y la hizo levantarse. Cuando Marta volvió a la mesa y recuperó su voz ronca, Juan no podía creer que nunca le hubiera dicho que sabía tocar así. Aseguró, además, que Marta se había transformado mientras tocaba el *Canto de júbilo*. Era tal el poder de la música que podía transformar a las personas – afirmó Juan – y ese comentario llenó a Marta de inquietud. El caso es que la necrosis había remitido parcialmente y, sospechando que este hecho tenía que ver con la interpretación, Marta se resignó a hacer algunas concesiones.

Así que compró un piano y, aunque tuvo que prescindir de varios muebles del salón para hacerle sitio, por fin pudo dedicar horas y horas a tocarlo. La necrosis desapareció y pronto consiguió interpretar a los músicos más célebres de forma tan brillante que, definitivamente, le begann Juan zu applaudieren, und die anderen Gäste klatschten ebenfalls. Marta dankte ihnen, ihre Stimme, ein sicherer Sopran, klang ungewohnt. Sie habe, sagte sie, den ›Canticorum Jubilo‹ von Händel gespielt. Sie sagte es einfach so, ohne darüber nachzudenken. Klar, sie wusste, wer Händel war, jeder wusste das, aber nie zuvor in ihrem Leben, und sie hätte schwören können, nie zuvor hatte sie diesen ‹Canticorum Jubilo› gehört. Dann spielte sie Chopin und Bach, und sie hätte weitergemacht, wenn der Pianist es zugelassen hätte. Aber dies war nun mal seine Aufgabe, auch wenn Marta oder vielmehr ihre Hände es sehr viel besser machten als er. Aus diesem Grund und weil sie immer weiterspielte, eilte der Mann aufgeschreckt herbei, bedankte sich und hieß sie aufstehen. Als Marta an ihren Tisch zurückkehrte, war ihre Stimme wieder so rau wie zuvor. Juan konnte es nicht begreifen, dass sie ihm nie erzählt hatte, wie gut sie Klavier spielte. Während des ‹Canticorum Jubilo› sei sie wie verwandelt gewesen, bemerkte er und meinte noch, dass die Kraft der Musik so gewaltig sei, dass sie Menschen verändern könne. Dieser Gedanke beunruhigte Marta. Aber da die Nekrose teilweise zurückging und sie vermutete, dass dies mit dem Klavierspiel zu tun habe, war sie zu gewissen Zugeständnissen bereit.

Sie kaufte also ein Klavier, und obwohl sie sich von einigen Möbeln im Wohnzimmer trennen musste, um Platz dafür zu schaffen, saß sie schließlich stundenlang an den Tasten und spielte. Die Nekrose verschwand, und bald konnte Marta die berühmtesten Komponisten so meisterhaft vortragen, dass sie den Platz des Hotelpiaquitó el puesto al pianista del hotel. La voz ronca de Marta se convirtió en la de una afinada soprano y sus dedos retomaron una agilidad que, por falta de práctica, habían perdido.

Han pasado muchos años desde que Marta acudió al lobby de aquel hotel. Tantos que no recuerda haber perdido los brazos en la carretera de Estoril a Lisboa. Hoy da clases en el conservatorio y ha recorrido las principales ciudades centroeuropeas tocando el piano. Se casó con Juan y su matrimonio es casi perfecto. Marta debería ser feliz, pero cómo serlo si cada mañana recela más de ese cuerpo cetrino al que extrañamente sigue cosida.

nisten übernahm. Martas raue Stimme verwandelte sich in reinsten Sopran, und ihre Finger gewannen jene Beweglichkeit zurück, die sie mangels Übung verloren hatten.

Viele Jahre sind seit jenem Abend in der Hotellounge vergangen, so viele, dass Marta sich nicht mehr daran erinnert, je ihre Arme auf der Landstraße von Estoril nach Lissabon verloren zu haben. Inzwischen unterrichtet sie am Konservatorium und tritt in den bedeutendsten Metropolen Mitteleuropas auf. Sie hat Juan geheiratet, und ihre Ehe ist nahezu vollkommen. Eigentlich müsste Marta glücklich sein. Aber wie könnte sie das, wo sie doch jeden Morgen mehr und mehr diesem olivfarbenen Körper misstraut, an den sie merkwürdigerweise angenäht ist.

A Jorge ya no le gusta Marta porque los años la han cubierto de velos. Aunque sabe que los velos son ya ella misma le propone arrancárselos, así volverá a ser Marta-sin-velos, la misma que le enamoró hace ya mucho tiempo.

Marta acaba aceptando porque no quiere perderle y Jorge, encantado con la decisión, va a buscar una espátula y unas tijeras a la caja de herramientas. Calculador, como lo ha sido siempre, trata de rasgar lo justo para que Marta quede decentemente vestida.

Comienza por el velo que más le irrita, ese que le da cierto aire intelectual. Ella cierra los ojos y Jorge tira y corta con rabia. Deja una Marta semi-ignorante a la que tan sólo le quedan adheridas en la parte de detrás de los muslos, restos muy viejos del prólogo de *La voluntad*. Jorge se mira de reojo en el espejo del fondo mientras desprende de la espátula los jirones de Azorín que caen en cascada sobre la alfombra del salón.

Marta queda salinizada ante la imagen y ruega a Jorge que tire de otro velo, por ejemplo del que ama a los animales y hace sopa de pescado. Vaya, ahora Jorge duda porque la sopa de Marta le hace recordar la casa de

MARTA OHNE SCHLEIER

Marta gefällt Jorge nicht mehr, denn die Jahre haben Schleier über sie gelegt. Obwohl er weiß, dass diese Schleier zu ihrem Wesen gehören, schlägt er ihr vor, sie abzureißen. So wäre sie wieder die Marta ohne Schleier, in die er sich vor langer Zeit verliebt hatte.

Nach einer Weile erklärt sich Marta einverstanden, denn sie möchte Jorge nicht verlieren. Froh über ihren Entschluss geht er Spachtel und Schere aus dem Werkzeugkasten holen. Er war schon immer jemand, der überlegt handelt, und so versucht er auch jetzt, möglichst genau zu operieren, damit Marta danach noch ordentlich angezogen sein wird.

Er beginnt mit dem Schleier, der ihn am meisten ärgert, der Schleier, der Marta einen gewissen intellektuellen Anstrich gibt. Sie schließt die Augen, und Jorge reißt und schneidet voller Ingrimm, und schon steht Marta mit nur noch einem Halbwissen da. Lediglich hinter den Oberschenkeln hängen noch uralte Reste des Prologs aus ‹La voluntad›[1]. Verstohlen beobachtet sich Jorge im Spiegel im Hintergrund, während er mit dem Spachtel auch noch diese Fetzen Azorín[1] abkratzt, die wortflutartig auf den Wohnzimmerteppich fallen.

Versteinert steht Marta vor diesem Bild, dann bittet sie Jorge, doch andere Schleier abzureißen, zum Beispiel den, der Tiere liebt und Fischsuppe kocht. Da zögert Jorge nun doch. Martas Suppe erinnert ihn immer an Neujahr bei seiner Großmutter, als er noch ein Kind und glücklich su abuela el día primero de año, cuando aún era niño y feliz. Ella insiste y él se resigna a quedarse para siempre sin el recuerdo porque este velo sale de un solo tirón. ¿Y si tira del velo del anti-deporte y la manía de levantarse a media noche a mover los muebles? Adelante, así Marta será mucho menos neurótica que, ciertamente, lo parece mucho. Y Jorge sigue quitando los velos mientras se reconoce en el cristal de la terraza con aspecto de cirujano escrupuloso.

El de la coquetería. ¡Ya está! El que la lleva a automedicarse; el incomprensible velo que la hace cantar con la misma ilusión a Duncan Dhu que *Suspiros de España*. ¡Zas! El que provoca que Marta, de ocho a diez, conteste atendiendo únicamente a la última palabra de su confiado interlocutor.

Ahora Jorge siente nostalgia: acaba de arrancar el que hace que lleve años pasándole la rodilla por encima del costado mientras él duerme. Pero ha merecido la pena porque con la luz del atardecer, recupera a Marta-sin-velos, la misma de la que él se enamoró.

Se acerca para besarla – porque ahora sí la quiere – y descubre tras el último velo, ese que la permite quedar decentemente vestida, su propia imagen – la de Jorge –.

war. Aber Marta besteht darauf, sodass er nachgibt, und es bleibt ihm keine Erinnerung, weil dieser Schleier in einem Stück abfällt. Soll er auch den Anti-Sport-Schleier herunterreißen und den mit der Macke, um Mitternacht aufzustehen und Möbel zu rücken? O ja! Marta wird dann weit weniger neurotisch sein, als sie es ja wohl bestimmt ist. Und Jorge schnippelt und entfernt die Schleier; er sieht sich im Fenster zur Terrasse, ein gewissenhaft arbeitender Chirurg.

Der Kokettierschleier. Weg damit! Der Schleier, der dazu führt, dass Marta sich selbst medikamentiert. Dann dieser unbegreifliche Schleier, der sie mit demselben Enthusiasmus die Duncan Dhu[2] und ‹Suspiros de España›[3] singen lässt. Zack, ab! Und der Schleier, der die Ursache dafür ist, dass Marta von acht bis zehn in der Früh immer nur das letzte Wort ihres arglosen Gesprächspartners hört und nur darauf antwortet.

Jetzt überkommt Jorge Wehmut, denn gerade hat er den Schleier weggerissen, der bewirkte, dass sie über Jahre hinweg, wenn er schlief, ihr Knie über seinen Körper schob. Allein, die Mühe hat sich gelohnt. Im Licht der Abenddämmerung steht endlich wieder Marta ohne Schleier vor ihm, die Marta, in die er sich einst verliebt hatte. Er geht auf sie zu und will sie küssen, denn jetzt, ja, jetzt begehrt er sie. Und hinter dem letzten Schleier, der es ihr vergönnt, ordentlich angezogen zu sein, entdeckt er sein, Jorges, eigenes Bild.

1 ‹La voluntad›: Roman (1902) des spanischen Schriftstellers José Martínez Ruiz alias Azorín
2 *Duncan Dhu*: Spanische Rockgruppe
3 ‹Suspiros de España›: Traditionelles spanisches Volkslied

LEOPOLDO

Para mi padre

Si decidí suicidarme fue porque mi vida y mi nombre eran incoherentes. De alguien que se llame Leopoldo sólo se pueden esperar grandes hazañas, eso lo sé desde que tengo uso de razón. Pero la vida es caprichosa y sigue sus caminos sin reparar en la enjundia del nombre que llevan las personas que transitan por ella.

En septiembre cumplí los cuarenta y, con el sol calentándome la espalda, reflexioné sobre la incoherencia que supone llamarse Leopoldo y llevar una vida más vulgar que la de un oficinista con chalet adosado en las afueras. Mi haber es estremecedoramente anodino y mi debe siquiera destaca por grandes deudas que no pueda pagar o grandes ofensas que no me puedan ser perdonadas. Mis amores – aunque numerosos – fueron ocasionales y, si nunca conocí una pasión digna de alguien llamado Leopoldo, tampoco tuve un desengaño capaz de enmarcar mi nombre. No pudiendo soportar tanta incoherencia y en plenas facultades mentales, he decidido poner fin a mi vida con un acto que se acerque a la grandeza de llamarse Leopoldo, un acto que me haga acreedor de un epitafio propio del romanticismo más

LEOPOLD

Für meinen Vater

Dass ich beschlossen hatte, Selbstmord zu begehen, lag daran, dass mein Leben nicht mit meinem Namen in Einklang stand. Von jemandem, der Leopold heißt, sollte man nur Heroisches erwarten, das weiß ich seit meiner frühesten Kindheit. Aber das Leben macht, was es will; es nimmt seinen Lauf und schert sich nicht um die Bedeutung eines Namens, den jemand ein ganzes Leben lang trägt.

Im September bin ich vierzig geworden, und während mir die Sonne den Rücken wärmte, dachte ich über die Widersprüchlichkeit nach, Leopold zu heißen und dabei ein Leben zu führen, das banaler ist als das eines kleinen Büroangestellten mit Reihenhaus am Stadtrand. Was ich besitze, ist kümmerlich wenig, andererseits sind auch meine Schulden nicht so hoch, dass ich sie nicht bezahlen könnte. Und ich habe niemanden dermaßen beleidigt, dass man mir nicht verzeihen würde. Meine Liebesbeziehungen waren, wenn auch zahlreich, immer nur von kurzer Dauer. Nie hatte ich eine Leidenschaft erlebt, die eines Leopolds würdig gewesen wäre, und ebenso wenig tiefe Betrübnis, die meinem Namen zu Ruhm gereichte. So viel Unstimmigkeit konnte ich nicht ertragen, und im Vollbesitz meiner geistigen Kräfte habe ich beschlossen, meinem Leben ein Ende zu setzen. Auf eine Art und Weise, die dem hohen Ansehen des Namens Leopold gerecht wird und mir die Ehre einer Grabinschrift sichert, wie sie für das höchste Lebensleid in der Romantik beatormentado. Sólo así podré pagar esa deuda que me trasladaron mis padres aquel día en que eligieron mi nombre.

Mi suicidio está próximo: será mañana al amanecer. El *modus operandi* no lo voy a detallar porque será el que dé contenido a mi epitafio.

Sólo me quedan una horas en las que podría reflexionar sobre las personas que me amaron y amé o sobre lo que tuve y lo que no llegué a conseguir. Sin embargo, una reflexión así sería tan vulgar y tan nimia que he decidido malgastar esta última noche en la fiesta de José, una fiesta que será tan anodina como mi propia existencia.

Y antes de llamar al timbre me pregunto qué cara debe poner un futuro cadáver en su última fiesta: cara de psicópata con pretensiones, cara de ángel cínico, cara de rey de los belgas, de Montesco enamorado o de participante comprometido.

José abre la puerta con sonrisa de anfitrión estándar y, mientras le saludo, paso de una cara a otra sin solución de continuidad. Abro mucho los ojos como un psicópata, hago aparecer una sonrisa de angelito rubicundo, adopto cierto porte regio, pongo cara de enamorado sin levantar sospechas y acabo por agradarle dedicando unas cuantas frases al buen gusto que refleja su casa de muestrario y al gran número de invitados elegantes que ha logrado zeichnend war. Nur so werde ich jener Verpflichtung nachkommen können, die meine Eltern mir an dem Tag auferlegt haben, als sie meinen Namen auswählten.

Mein Selbstmord steht nahe bevor, morgen bei Tagesanbruch wird es so weit sein. Zum *modus operandi* werde ich nichts weiter sagen, da dies der Inhalt meiner Grabinschrift sein wird.

Jetzt bleiben mir nur noch wenige Stunden, in denen ich an die Menschen denken könnte, die mich liebten und die ich liebte. Oder an das, was ich erreicht und was ich nicht erreicht habe. Aber wie gewöhnlich und kleinkariert wäre es, über derlei nachzusinnen! Daher beschloss ich, diese meine letzte Nacht auf Josés Party sinnlos zu vertun, eine Party, die so langweilig sein wird wie mein eigenes Leben.

Bevor ich läute, überlege ich mir, was für ein Gesicht eine zukünftige Leiche auf ihrem letzten Fest aufsetzen sollte. Das Gesicht eines geltungssüchtigen Psychopathen oder eines zynischen Engels? Das Gesicht des Königs von Belgien, eines verliebten Romeos oder das eines mitfühlenden Gesprächspartners?

Mit dem aufgesetzten Standardlächeln des Gastgebers öffnet mir José die Tür. Ich begrüße ihn und wechsle dabei ununterbrochen die Gesichter. Reiße die Augen weit auf wie ein Psychopath, lächle das Lächeln eines rotblonden Engels, setze eine königliche Miene auf, schaue verliebt, ohne jemanden im Auge zu haben, und lobe schließlich mit warmen Worten sein ach so stilvolles Musterhaus und die große Zahl eleganter Gäste, die seiner Einladung gefolgt seien. Dann sperre ich wieder die Augen auf und rühme mit Grabesstimme reunir. Después, vuelvo a abrir mucho los ojos y con cara de psicópata y voz de sepulcro abierto, alabo las transparencias de Claudia que me mira estupefacta cuando clavo mis ojos sádicos en su escote apretado. Me doy la vuelta y, con gesto seráfico y vocecita de niña impúber, saludo a la suegra de José. Aparece ante mí encorvada, quizá por el tamaño de las perlas que jalonan su vestido rococó. Yo, juguetón, doy unos saltitos de querubín enternecido y le beso la mano encorvándome mientras cojo, por un momento, el extremo de su collar. Cómo me gustaría haber tenido una suegra tan perlada, le digo sin quitar la sonrisa. Cuando me contesta que tiene una hija soltera y – a pesar de mi voz de impúber – se empeña en presentármela, adopto de nuevo mi cara de psicópata y con una mueca desaparezco tras decirle que se cuide la columna.

Comienzo a asumir mi papel de rey de los belgas y, con la espalda muy recta, me acerco a las cortinas para disimuladamente descolgar una abrazadera y colocármela a modo de banda. Con un impecable porte regio, llego hasta a un grupo de señoras muy ocupadas en meter la tripa y mirarse de reojo en el ventanal. Todas simulan prestar atención a las explicaciones de la más rubia y alta de ellas. Cuando me ven llegar con un aspecto tan digno y mesándome la barba, enmudecen y yo, con toda la ceremonia propia de mi corte, las saludo una und Psychopathengesicht Claudias durchschimmernde Offenherzigkeit. Als ich meine Augen in ihr gewagtes Dekolleté bohre, sieht sie mich entgeistert an. Ich aber drehe mich um und begrüße, ganz den unschuldigen Engel mimend und mit dem Stimmchen eines vorpubertären Mädchens, Josés Schwiegermutter. Vielleicht liegt es an der Menge der Perlen über ihrem Rokokokleid, dass sie gebückt vor mir steht. Kratzfüßig, einem holden Engelsknaben gleich, beuge ich mich über ihre Hand, um sie zu küssen, und fasse dabei für einen Augenblick nach dem Anhänger an ihrem Collier. Was wäre ich glücklich gewesen, eine so perlenbeladene Schwiegermutter gehabt zu haben, flöte ich und lächle unentwegt. Sie habe eine unverheiratete Tochter, erwidert sie und will sie mir trotz meiner vorpubertären Stimme unbedingt vorstellen. Doch da setze ich schon wieder mein Psychopathengesicht auf, ziehe eine Grimasse und mache mich aus dem Staub, nicht ohne ihr noch zu sagen, sie möge auf ihren Rücken achten.

Nun schlüpfe ich in die Rolle des Königs von Belgien. Kerzengerade steuere ich die Vorhänge an, schnappe mir unauffällig einen der Raffhalter und lege ihn mir um wie eine Schärpe. In wahrhaft königlicher Haltung nähere ich mich einem Kreis von Damen, die alle damit beschäftigt sind, sich mit eingezogenem Bauch gegenseitig unauffällig im Wohnzimmerfenster zu mustern. Dabei tun sie, als lauschten sie der größten und blondesten unter ihnen. Doch wie sie sehen, dass ich würdevoll und mir den Bart streichend auf sie zuschreite, verstummen sie. Der Etikette meines Hofes gebührend Rechnung tragend, begrüße ich die Damen nacheinander und finde a una dedicándoles halagos personalizados. Como el ambiente de la corte les impresiona casi tanto como mi súbita predisposición a los piropos, me rodean, me hacen preguntas, me halagan y tratan de flirtear conmigo. Quizá en otra fiesta hubiera aprovechado la situación para pavonearme un rato entre tanta belleza frívola o, incluso, para haber intentado ligar con alguna de ellas. Quizá con la de rojo, que es la que presenta unas curvas más redondeadas. Sin embargo, este comportamiento no sería propio de un suicida en su última fiesta por lo que giro para atrapar un canapé de ahumados y desaparezco.

Observo cómo importantes hombres de negocios adornan la esquina del salón. Son como la casa misma, propios de un muestrario y me aburren tanto como esos tonos pardos y elegantes que, seguro, dan paz al bueno de José.

Veo que la mujer de rojo se aproxima a mí con una copa en cada mano y pienso en adoptar con ella la pose de Romeo. Sin embargo, me invade una gran pereza. Es cierto, podría llenar mis últimas horas seduciendo a una mujer con curvas y acabar mi vida en una cama ajena pero sería un acto poco grandioso para alguien con mi nombre.

Entonces y como si tuviera mucha prisa por encontrar un baño, subo las escaleras de dos en dos y llego exhausto a un hall mal ilumifür jede von ihnen galante Worte. Das höfische Gebaren fasziniert die Damen, noch mehr aber beeindrucken sie meine Komplimente, die für sie unerwartet kamen. Sie nehmen mich in ihre Mitte, stellen mir Fragen, umschmeicheln mich ihrerseits und versuchen, mit mir zu flirten. Vielleicht hätte ich auf einem anderen Fest die Gelegenheit genutzt und angefangen, mich im Kreis solch koketter Schönheiten aufzuspielen. Ja, vielleicht hätte ich sogar mit einer von ihnen angebändelt. Vielleicht mit der in Rot, die die schärfsten Kurven von allen hat. Aber das wäre unangemessen für einen Selbstmörder auf seiner letzten Feier, daher drehe ich mich um, greife mir ein Lachsschnittchen und verdrücke mich.

Dann entdecke ich eine Gruppe äußerst wichtiger Geschäftsmänner, die eine Ecke des Salons schmücken, als entstammten sie – wie das Haus – einem Katalog. Sie öden mich ebenso an wie die eleganten Brauntöne der Einrichtung, die für den guten José zweifellos eine Beruhigung sind.

Ich sehe die Frau in Rot auf mich zukommen, in jeder Hand ein Glas. Ihr gegenüber will ich die Pose des Romeos einnehmen. Aber plötzlich fühle ich mich unendlich müde. Ich könnte natürlich meine letzten Stunden damit verbringen, ein Vollblutweib zu verführen, und mein Leben in einem fremden Bett beenden. Aber das wäre wahrlich wenig glorreich für jemanden meines Namens.

Als wenn ich ganz schnell auf die Toilette müsste, renne ich daher die Treppe nach oben, immer zwei Stufen auf einmal, und lande außer Atem in einem schwach nado. Abro la puerta de la izquierda y entro en una habitación tan ordenada como la vida de mi amigo. Al fondo las luces de la ciudad parpadean bajo el balcón. Me quito la banda y con ella abrazo unas cortinas neutras, hago un lazo zapatero y, liberado de mi personalidad real, salgo al balcón. Cierro las puertas para despistar a la mujer de rojo y contemplo la última estampa de mi ciudad. Debiera adoptar el aspecto de Woody Allen, la ciudad lo merece pero, como no estaba previsto, prefiero no improvisar. Trato de ver el encanto de los rascacielos, el de la luna menguante, el de los semáforos o el del camión de la basura. Trato de tener una experiencia sublime, propia de alguien llamado Leopoldo pero ni la noche, ni los rascacielos, ni el recuerdo de Woody Allen me interesan. Es más no dejo nada que llegue a interesarme. Ni la belleza, ni el amor, ni la pasión, ni los sentimientos más sublimes o más perversos, me harían postergar la hora de mi suicidio.

Oigo cómo la mujer de rojo abre la puerta de la habitación y me quedo agachado junto a la barandilla. Por fin cierra la puerta. Al incorporarme alzo la mirada y descubro una mujer con un camisón largo en la cornisa. Es bella como una diosa extraviada, una melena brillante le cubre los hombros, el camisón – de corte imperio y con gran vuelo – esconde sus formas dando un aire enigmático a su figura.

erleuchteten Flur. Ich öffne die Tür zu meiner Linken und gelange in ein Zimmer, das so ordentlich ist wie das Leben meines Freundes. Draußen vor dem Balkon funkeln die Lichter der Stadt. Ich nehme die Schärpe ab, schlinge sie um ein paar Vorhänge von unbestimmter Farbe und binde sie zu einer Schleife. Befreit von königlicher Würde, trete ich hinaus auf den Balkon. Ich schließe die Türflügel, damit die Frau in Rot nicht mitbekommt, wo ich bin, und blicke ein letztes Mal auf die Silhouette meiner Stadt. Ich sollte mir Woody Allens Sichtweise zu eigen machen, die Stadt verdient es, aber da das nicht vorgesehen war, möchte ich jetzt nicht von meinem Plan abweichen. Ich bemühe mich, den Zauber der Wolkenkratzer, des abnehmenden Mondes, der Ampeln oder des Müllfahrzeugs zu sehen. Ich versuche auch, mich erhaben zu fühlen, wie es sich für jemanden ziemt, der Leopold heißt. Aber weder die Nacht noch die Wolkenkratzer, noch die Gedanken an Woody Allen interessieren mich. Es gibt gar nichts mehr, was mich noch interessiert. Nichts, weder Schönheit noch Liebe, noch Leidenschaft, weder die edelsten noch die abartigsten Gefühle könnten mich dazu verleiten, die Stunde meines Selbstmords hinauszuzögern.

Ich höre die Frau in Rot die Zimmertür öffnen und kauere mich ans Balkongeländer. Endlich schließt sie die Tür hinter sich. Als ich mich wieder aufrichte und den Blick hebe, bemerke ich auf dem Dachvorsprung des Hauses eine Frau in einem langen Gewand. Sie ist schön, wie eine verirrte Göttin, über ihre Schultern fällt glänzendes Haar, das weite Empiregewand verhüllt ihre Figur und verleiht der Gestalt etwas Geheimnisvolles. Dies wäre jetzt der richtige Augenblick, mich in Romeo

Sería la situación perfecta para convertirme en Montesco pero su imagen me resulta tan sublime que no puedo articular palabra. El viento aparta el pelo de su rostro y pega el camisón a su cuerpo. La luna menguante enmarca a la mujer. La escenografía es perfecta.

Me dirijo a ella pero no responde, tan sólo me permite observar su belleza. El viento sopla más fuerte y temo que pierda el equilibrio. Entonces, le pregunto cómo se llama. Su nombre, Catalina, es nombre de emperatriz pero no tengo tiempo de decírselo – ni tampoco de contarle que me llamo Leopoldo – porque, grandiosa como un ave, emprende el vuelo. Es un vuelo que se me antoja pausado, de baile de salón, elegante. Ahora que pasa ante mí, observo su rostro imperial y su camisón jugando con el viento. Arriba la noche, abajo un reino de luces y frente a mí la imagen más sublime, la de alguien que sólo podía llamarse Catalina.

Sólo puedo mirar al cielo. He contemplado tanta belleza que debo postergar mi suicidio. Nunca sería suficientemente bello para el epitafio de alguien como yo, de alguien llamado Leopoldo.

zu verwandeln, aber ihre Erscheinung hat etwas so Großartiges, dass ich kein einziges Wort herausbringe. Der Wind, der ihr das Haar aus dem Gesicht weht, presst ihr das Gewand an den Körper. Das Licht des abnehmenden Mondes umrahmt die Frau. Die Szenerie ist vollkommen.

Dann spreche ich sie doch an, aber sie antwortet nicht. Sie gewährt mir nur den Anblick ihrer Schönheit. Der Wind bläst heftiger, und ich fürchte, dass sie das Gleichgewicht verliert. Wie sie heiße, frage ich sie noch. Catalina. Der Name einer Kaiserin. Aber mir bleibt keine Zeit mehr, es ihr zu sagen, und auch nicht, dass ich Leopold heiße. Denn da – fliegt sie schon, majestätisch wie ein Vogel. Es ist ein ruhiger, ein eleganter Flug, wie ein Tanz auf einem Ball. Als sie an mir vorüberschwebt, sehe ich ihr Antlitz, das Antlitz einer Kaiserin, sehe ihr Gewand im Spiel mit dem Wind. Über mir die Nacht, unter mir ein Reich von Lichtern und vor mir das erhabenste Bild eines Wesens, das nicht anders als Catalina heißen konnte.

Mir bleibt nur, den Himmel zu schauen. Ich habe solch unermessliche Schönheit erlebt, dass ich meinen Selbstmord aufschieben muss. Nie würde er so schön sein, dass es zu einer Grabinschrift für jemanden wie mich, für jemanden mit dem Namen Leopold, reichte.